LA VIDA EN UN SEGUNDO

ExLibric

OIHANA ERRO BERGERA

LA VIDA EN UN SEGUNDO

EXLIBRIC
ANTEQUERA 2025

LA VIDA EN UN SEGUNDO
© Oihana Erro Bergera
Diseño de portada: Dpto. de Diseño Gráfico Exlibric

Iª edición

© ExLibric, 2025.

Editado por: ExLibric
c/ Cueva de Viera, 2, Local 3
Centro Negocios CADI
29200 Antequera (Málaga)
Teléfono: 952 70 60 04
Fax: 952 84 55 03
Correo electrónico: exlibric@exlibric.com
Internet: www.exlibric.com

ISBN: 979-13-87944-25-4
Depósito Legal: MA 1248-2025

Impresión: PODiPrint
Impreso en Andalucía – España

Nota de la editorial: ExLibric pertenece a Innovación y Cualificación S. L.

OIHANA ERRO BERGERA

LA VIDA EN UN SEGUNDO

1

La carta

Me llamo Amaiur Azpilikueta, tengo treinta años y trabajo como reponedora en un hipermercado. La mayoría de las personas sueñan con una vida cómoda, vivir sin trabajar, de fiesta en fiesta, con vacaciones en el Caribe y coches de lujo.

Yo, en cambio, solo quería apartarme del mundo; la gente me agobiaba. Si mi trabajo me había enseñado algo, era, precisamente, que las personas son seres egoístas e individualistas que no piensan más que en ellas mismas y que no traen más que problemas. Así que yo soñaba con tener lo suficiente como para vivir sin tener que ver a nadie más en mi vida. Llevar mi huerto, del que me alimentaría todo el año, y pasar el tiempo leyendo novelas de amor.

Era como una meta para cuando me tocara la lotería, pero lo cierto era que, en cuanto me quedaba sola, no sabía bien qué hacer con todo mi tiempo y, para cuando me decidía a hacer algo, el día ya había terminado, por lo que al final siempre acababa frustrada, con la sensación de estar tirando mi vida.

Un día decidí dejar de esperar milagros; la lotería no iba a tocarme, nunca podría alejarme del mundo, necesitaba estar rodeada de seres insoportables, de modo que tenía que aprender a vivir con ello. Entonces, empecé a marcarme metas más pequeñas, pero más reales, para encontrar un punto medio entre esa saturación mental que me suponía el mundo y la soledad absoluta.

Primer paso: desconexión televisiva. Decidí pasar un día sin encender la televisión y, para mi sorpresa, el día por fin tuvo horas suficientes. Trabajé, comí, descansé, leí e incluso me quedó tiempo para estar con amigas; así que decidí no encenderla tampoco al día siguiente. De repente, me sobraba tiempo para aprender inglés y para tocar el ukelele; no es que los tuviera como objetivo, pero en algo tenía que invertir el tiempo que no le dedicaba a la televisión.

En vista de que mi experimento había sido un éxito, llegaba la hora de poner en marcha una segunda fase: desconexión digital. Esto se complicaba un poco porque la nueva organización social te exigía estar siempre localizable; de lo contrario, te trataba como un paria, así lo hacía con todo aquel que osara salirse de la norma establecida. Empecé por la retirada de las redes sociales. Mi tiempo era cada vez mayor.

Comencé a pasear por el monte todos los días; al principio, solo por los caminos, pero poco a poco me fui adentrando cada vez más, empecé a leer sobre micología e iba a buscar setas.

Solo había una cosa que me preocupaba: era que Lur, mi hermana gemela, cada vez estaba peor. Nuestro padre había muerto hacía cinco años; más bien, se quitó la vida, no pudo soportar la desaparición de mi madre. Pusimos la denuncia correspondiente, aunque esta no sirvió de mucho; era una mujer adulta, con una vida tranquila y estable, por lo que nos dijeron que probablemente se hubiera ido porque quiso, no hicieron mucho más. Nosotras la buscamos por las calles, pegamos carteles, la difundimos en redes, pero todo fue inútil, se la había tragado la tierra. Recibimos algunas llamadas, eso sí, bromas de mal gusto en su mayoría; incluso llegaron a decirnos que la habían visto comprando una escalera en Estella. Era ridículo, ¿para qué iba a comprar mi madre una escalera a cuarenta kilómetros de casa? Aun así, fuimos hasta Estella, la buscamos, preguntamos a la gente, pusimos más carteles, pero, como digo, de nada sirvió. Aquello fue el principio del fin de nuestras vidas a salvo del mundo; ahora, Lur estaba enganchada a las drogas, en plural, porque decir que solo era a una era ridículo, y yo no sabía qué hacer para ayudarla.

Esto era algo que me atormentaba y no paraba de darme vueltas en la cabeza; por ello, trataba de mantener la mente ocupada para conseguir tener espacios de paz mental. Con ese objetivo, una tarde salí a coger hongos beltza y, tras una jornada de fracaso absoluto en mi empeño, volvía paseando hacia el coche por un hayedo en Eugi cuando llegué hasta un claro que comunicaba con un camino mucho más amplio, como una pista forestal. Por ambos lados de aquel claro se veía un riachuelo; por uno de los extremos bajaban dos corrientes de agua que se unían al borde mismo del claro y, por el otro, el riachuelo seguía abriéndose camino entre las hayas, en paralelo a la pista forestal. Deduje que estaba sobre un viejo puente de piedra. Observando detenidamente, me dio la sensación de que en realidad no era un puente, sino que eran los restos de algún antiguo molino; así que decidí bajar hasta el riachuelo y mirar los restos desde más cerca. Iba a comenzar a subir de nuevo al camino cuando apoyé mi mano en una piedra de aquel edificio y noté cómo esta se soltaba ligeramente, cosa que llamó mi atención hasta el punto de que me di media vuelta y empecé a examinar la piedra con curiosidad. Noté que, en realidad, el bloque de la pared estaba suelto y, guiada por las películas de piratas de mi infancia, comencé a sacarla esperando encontrar un tesoro.

No había tesoro como tal; en su lugar, encontré una vieja caja oxidada. La cogí y la saqué con curiosidad; aparte del óxido que la decoraba, parecía estar en buen estado. Al darle la vuelta, mientras la examinaba, algo se movió en su interior. Hasta ese momento había creído que estaba vacía por su ligereza, pero estaba claro que me equivocaba. La abrí con cuidado, esperando encontrar restos de galletas descompuestas; claro que yo nunca he destacado por mis dotes adivinatorias y, para no perder la costumbre, esta vez también me equivoqué. En su interior había una especie de rollo de tela o cuero, algo que no supe identificar bien. Me agaché y dejé la caja sobre mi regazo para evitar que cayera por la pendiente al riachuelo y saqué el rollo de su interior. Lo desenrosqué y, para mi sorpresa, encontré una carta. Me sentí como si hubiera encontrado un tesoro; volví a enrollarlo, lo guardé, cerré la caja y coloqué como pude la piedra en su sitio. Ascendí al camino tan rápido como pude, impaciente por llegar a casa y leer la carta tranquilamente en la comodidad de mi sofá. Atajé y regresé por la pista; había dejado el coche en una explanada situada al borde de una senda a las puertas del bosque y, media hora después, estaba sentada al volante en mi viejo Citroën Xsara.

Entré en mi pequeño piso de la calle Jarauta, en Pamplona, me di una ducha y me puse un pijama fresco. Me senté en el sofá dispuesta a leer la carta con entusiasmo. Al principio me costó, puesto que estaba escrita a mano y la caligrafía, aunque pulcra, no era del todo legible, pero tras un rato familiarizándome con cada letra, lo conseguí.

Las Chilcas, 18 de noviembre de 1897
Querida María, espero que te encuentres bien y con buena
salud en compañía de tu querida familia. Yo me
encuentro muy bien.

A. D. G.

Que esta sirve para decirte que me alegró
un ciento recibir tu carta; me sentí muy
entusiasmado y marché, sin otro quehacer, a todo
trote a comprar papel para poder
un servidor responderte cuanto antes. Aquí es
muy duro el trabajo, pero se paga bien.
Ansío poder regresar en un par de años con
tanta fortuna a esa tierra nuestra, siempre tan
amada, y pedir tu mano como Dios manda. Me
satisfaría que pudieras ver todo esto; seguro
te encantaría. Aquí podríamos ser muy felices
estando juntos los dos.
Antes de despedirme, quisiera escribirte un
motivo de dicha que, supongo, será para ti la
interpelada el leer un poema escrito de mi
hiperactivo puño y, sin más dilación, comienzo:
«En la noche tu fragancia se desdibuja como
restos de flores marchitas en tu ausencia.
Mas nada puede hacer acudir tu fragancia
a flores vivas mientras tú
no estés presente.
Olvidar tu olor es imposible,
pero embotellarlo

no puedo, mas yo
acudiré presto siempre
a la llamada de ese dulce amor.
La distancia no vencerá, cual
policía buscaré tu olor en cualquier lugar.
Si te vas, mi amor,
me quedaré perdido.
Dices que me amas como yo a ti, mas
¿dónde podremos guardar tanto amor?
Esta noche de distancia añoro
su fragancia de ensueño, su
cuerpo de diosa».

Piensa lo que te digo y espero con impaciencia tu respuesta.

Xabier Goñi

«¡Le está pidiendo matrimonio! ¡Es una carta de amor! Qué romántico y bonito».

Esto es lo primero que pensé; después, me entró curiosidad por saber qué era aquello de las Chilcas, así que acudí a esas pantallas de las que trataba de huir e introduje en la barra de búsqueda de internet el nombre. El resultado no se hizo esperar. Resultó ser un lugar de Chile famoso por la escalada en la actualidad, pero en el que seguramente hacía más de cien años las personas que emigraban de aquí hacia allá trabajarían de pastores, leñadores o cosas así.

La cosa era que él había emigrado para conseguir dinero para poder casarse con ella; me encantaba la idea y aquella noche dormí reconfortada por haber encontrado vestigios de una historia tan bonita.

A partir de ese momento, mis paseos me empezaron a saber a poco y buscaba por todos los lados cosas que pudieran hacerme llegar hasta otro botín. No tuve suerte en mi empresa y, tras semanas obsesionada por la búsqueda de tesoros sin tener ningún resultado, decidí pasar a la acción. Ya tenía una carta que era un tesoro; igual podía buscar de alguna manera si esas personas llegaron a estar juntas, si él regresó con una pequeña fortuna y se casó con ella, y fueron felices. ¿Y si tuvieran hijos? Lo mismo podría entregarles la carta a sus descendientes, a sus nietos o bisnietos, como muestra del amor que sus abuelos sentían el uno por el otro. A mí me gustaría recibir algo así de mis antepasados. De esta manera, me autoconvencí de que mi plan no era de locas, sino de buenas personas.

En consecuencia, comencé mi misión. El primer paso podría ser comprobar en el Archivo Diocesano si hubo algún matrimonio en el término de Eugi con el nombre de Xabier Goñi. Esto me llevó más tiempo del que esperaba, ya que tardaron semanas en darme cita y, para colmo, no encontré nada con ese nombre. No había ningún casamiento entre 1897 y 1940; les había dado de margen cuarenta años para casarse, tiempo más que suficiente. Así que, ante la falta de resultados, me desanimé de inmediato; eso significaba que no había regresado, no se habían casado y no habían sido felices para siempre, como yo esperaba. Pero, como soy optimista por naturaleza, entonces pensé que igual se habían casado en algún otro pueblo o incluso que pudiera ser que fuera ella la que viajó hasta Chile para estar con él.

Para investigar esto, el tema se me complicaba; no sabía cómo acceder a archivos chilenos desde aquí ni dónde podía preguntar, por lo cual regresé a esas pantallas que tanto detestaba y metí el nombre completo de él en el buscador, ya que era el único que sabía. De ella solo sabía que se llamaba María. Me salieron cientos de resultados: personas actuales con el mismo nombre, páginas de redes sociales, listas de oposiciones y un sinfín de páginas más. Nada que me sirviera.

Decidí pasarme por el Archivo General; no sabía muy bien qué buscaba, pero si ella había viajado a Chile para estar con él, era posible que hubieran formalizado el enlace con alguna dote o algo y que esos trámites los hubieran hecho los padres, en cuyo caso estarían aquí. La tarea se complicó con el cuantioso número de notarios que trabajaban en la época en la zona; por tanto, comencé por el primero de la lista y empecé a buscar Marías, Goñis y Xabieres. No sabía qué título tendría, si es que existía el documento. Caí en la cuenta de que había hecho una tontería cuando llevaba cuatro libros sin ningún resultado; de nada servía todo aquello si ni siquiera conocía los nombres completos. Aparecían Goñis, pero no tenía ni idea de si se trataban del mismo porque el segundo apellido variaba. No me quedó más remedio que volver al Archivo Diocesano y mirar las actas bautismales con la esperanza de localizar la de Xabier y, de ese modo, sabría cómo se apellidaba.

2

Primeros pasos

Las semanas de espera se me hicieron eternas. Tuve que pedir un cambio de turno en el trabajo para poder ir al Archivo Diocesano; solo esperaba que el esfuerzo mereciera la pena. Tendría que ir a trabajar por la tarde, cosa que detestaba; había demasiada gente molestando, preguntando cosas continuamente e interrumpiendo cualquier cosa que estuvieras haciendo. Así era imposible terminar el trabajo a tiempo.

También había pospuesto la quedada con las amigas; en ella íbamos a decidir el lugar al que queríamos ir en la próxima excursión, lo que significaba que tendría que acatar el destino, por muy tedioso que me pareciera.

No obstante, por fin había llegado el día. Estaba nublado, aunque la temperatura no era mala; entré en el archivo con cara de resignación, dispuesta a pasarme horas sin encontrar nada, pero aquel día la fortuna me sonreía. Resultó que las actas bautismales se titulaban con el nombre de la persona más el nombre de la casa y, en una casa llamada Molino, había nacido un niño apellidado Goñi; tenía que ser un hermano de Xabier. Apunté el nombre del niño y los nombres de padre, madre, abuelos paternos y maternos. Apenas dos años más tarde, nació una niña en la misma casa; desgraciadamente, murió poco después de nacer y era la propia partera quien la bautizó y le dio la extremaunción.

Esto me hizo tener sentimientos encontrados; por un lado, estaba la ilusión de encontrar datos que buscaba y, por el otro, la tristeza de una noticia así, aun no conociéndolos. Aunque todos los nombres que había en aquel libro estuvieran ya muertos por lógica, ya que habían pasado casi ciento cincuenta años, el saber que un bebé había muerto al poco de nacer siempre era algo que removía las entrañas. Seguí buscando y, otros dos años después, encontré el acta bautismal de Xabier Goñi Mariezkurrena, hijo de Eder Goñi y Xabiera Mariezkurrena. A pesar de haberlo encontrado, continué buscando por si aparecía algún otro hermano o hermana, pero ya no volví a encontrar ningún nacimiento más en aquella familia. Por lo que deduje, eran dos hermanos que se llevaban cuatro años: Mattin y Xabier. Con estos datos sí que podía volver al Archivo Real y General de Navarra para revisar las actas notariales.

Una punzada de culpabilidad cruzó por mi mente; no me importaba hacer cambios de turno para ir al Archivo Diocesano, tampoco me preocupaba pasar horas sumergida entre papeles antiguos y, sin embargo, era incapaz de arreglar mis cosas. Se podría decir que en eso tanto Lur como yo nos parecíamos a nuestro padre. Tras la desaparición de mi madre, él no hizo absolutamente nada: ningún papeleo, ni hablar con la asistenta social, ni siquiera tocó la cuenta privada del banco de mi madre. Siguió adelante como si ella estuviera de vacaciones. No es que no lo sintiera; todo lo contrario, se encerró en su mundo, empezó a beber y llegó un punto en que aquello era lo único que hacía. Lur y yo tratamos de que fuera a un psicólogo, pero no hubo forma humana de convencerlo; así que, tras un tiempo, desistimos. Yo dejé de estudiar y me puse a trabajar para ayudar en casa. De repente, había un sueldo menos, pero los mismos gastos y la universidad no era barata. Lur siguió estudiando. En aquel momento pensé que saldríamos adelante, lo superaríamos y yo podría estudiar más adelante, pero fue pasando el tiempo y las cosas no solo no iban a mejor, sino que iban a peor. Mi hermana empezó a salir de fiesta más de la cuenta y a faltar a clase; mi padre se gastaba la mitad de su sueldo en alcohol y era imposible hablar con él. Yo me sentía abrumada por la situación y no hacía más que discutir con ellos; decidí cortar el grifo, no habría más pagas ni más alcohol en casa, pero aquello solo sirvió para empeorar las cosas. Mi hermana apenas entraba en casa para ducharse y dormir, y mi padre, en vez de llorar en casa, lo hacía en el bar. Y así fueron sucediéndose los días hasta que una mañana, siete años después de que nuestra madre desapareciera, encontramos a nuestro padre muerto en la cama. Él siempre solía dormir hasta tarde, pero aquel día Lur necesitaba que le prestara el coche y decidió despertarlo antes. Yo fui tras ella, tratando de impedírselo, y cuando abrió la puerta lo vimos tumbado en la cama y lo supimos al instante. No sabría decir por qué; a simple vista parecía que estaba dormido, pero había una quietud escalofriante. No se escuchaba su habitual respiración fuerte; nada se movía en aquel dormitorio. Nos acercamos despacio y entonces lo vimos: a la altura de su pelvis, una mancha de sangre decoraba la sábana con la que estaba tapado. Lur se abalanzó sobre él, llamándolo, tratando de despertarlo. Yo llamé al 112 e intentamos hacer una RCP como habíamos visto en las películas. Recuerdo que el tiempo pasó muy deprisa y muy despacio a la vez; los minutos que tardó en llegar la ambulancia se me hicieron eternos, me parecieron horas, sintiéndome impotente, tratando de salvar a mi padre sin tener idea de lo que estaba haciendo. Al mismo tiempo, antes de que me diera cuenta, estaba de pie junto a una caja de muertos, observando cómo el barco salvavidas que había sido para mí toda la vida mi padre se marchaba para siempre.

Lur y yo fuimos incapaces de seguir viviendo en aquel piso; ella se fue con unas amigas de la uni y yo encontré este piso en el centro. Cerramos la puerta y cortamos los suministros. El piso lleva cerrado desde entonces. Ninguna de las dos tuvo fuerzas suficientes como para hacer el papeleo que requiere la aceptación de herencia, y ninguna de las dos quería vivir en aquel piso, pero tampoco desprenderse de él. Además, también era de mi madre, la que nos había abandonado, la que había desaparecido, la que nos había dejado solas. En aquellos días, la rabia lo inundaba todo y no pensábamos con claridad. El caso es que dejamos que pasara el tiempo y aquí estábamos, tantos años después, sin ser capaces todavía de poner nuestras cosas en orden.

Dejé que la punzada de culpabilidad pasara y volví a centrarme en la investigación que tenía entre manos. El siguiente paso era ir al Archivo General.

No tardé en hacerlo; volví a sumergirme en aquellos interminables índices que ya había revisado antes sin saber qué buscaba, pero esta vez teniendo por lo menos algunos nombres claros y de esta manera los resultados no se hicieron esperar, aunque no fueran lo que yo esperaba. Tras repasar solo medio libro, encontré el testamento de Xabiera Mariezkurrena. Devolví los índices y solicité ese documento. Eran once folios escritos con una letra casi indescifrable, pero todo el esfuerzo de interpretarlo mereció la pena. El documento venía a decir que, en caso de fallecimiento, el heredero universal de todos sus bienes pasaba a ser su hijo

Xabier siempre y cuando Mattin no apareciera; al parecer, este había sido el heredero hasta ese momento. En caso de hacerlo, él sería quien heredaría, pero si aparecía después de que el testamento se hubiera ejecutado, seguiría siendo Xabier el heredero. Además, el testamento tenía unas cláusulas muy exhaustivas. En primer lugar, heredara quien heredara, tenía la obligación de cuidar a su padre Eder con el buen trato que la familia requería. También debía acoger de buen grado a su hermano y este tenía que colaborar con los trabajos del molino; y que en caso de que el hermano del heredero se casara, el heredero tenía que darle una suma importante de dinero.

En resumen, aunque cumplía con la costumbre de nombrar a un único heredero, Xabiera se aseguraba de dejar a todos los suyos cubiertos.

Atendiendo a las cláusulas del testamento, no parecía que ninguno de los hermanos estuviera casado en aquel momento y el documento estaba fechado en marzo de 1897, es decir, ocho meses antes de la carta que yo tenía. Por lo que todo cuadraba.

Me detuve un momento para recapacitar sobre lo que había leído y entonces caí en la cuenta. Mattin había desaparecido y por eso cambiaban el testamento. Para llegar a cambiar el testamento por una desaparición, ¿cuánto tiempo llevaba desaparecido? El documento no daba más detalles, pero sin duda habrían puesto denuncia, así que si encontraba el registro del caso probablemente sabría si finalmente regresó.

Me levanté y fui a pedir los índices de las actas judiciales de Esteribar desde 1873, que era la fecha en la que había nacido Mattin. No sabía cuándo había desaparecido, de modo que mejor asegurar.

—Lo siento, Amaiur, pero cerramos en cinco minutos. Tendrá que ser mañana —me dijo Sara. La chica se encargaba de atender a todas las personas que nos acercábamos hasta el archivo, sacándonos documentos e incluso aconsejándonos sobre qué era lo que podríamos buscar y dónde. De hecho, fue ella quien me aconsejó acudir al Archivo Diocesano antes de perderme en un océano de fechas y nombres en el que difícilmente encontraría algo. Miré el reloj; eran las cinco de la tarde, el día había pasado volando, no había comido nada y llegaba tarde a mi clase de Pilates.

3

Amaiur

Una lluvia fina pegaba en el cristal de la ventana junto a la que estábamos sentadas en la mesa del fondo del bar Itsaso. Habíamos quedado las cuatro amigas a las nueve de la mañana para desayunar y después nos íbamos a pasar el día por ahí, aunque yo todavía no sabía a dónde. Desde que no tenía WhatsApp, me enteraba de las cosas a medias.

—Bueno ¿qué? ¿A dónde vamos por fin? ¡He estado a punto de coger un bañador por si acabábamos en el Caribe! —les dije riendo.

—Hemos pensado que, ya que estás tan centrada en esa historia tuya, podrías llevarnos a aquel viejo molino donde encontraste la carta —dijo Leire.

—Sí, y después podríamos visitar las ruinas de la antigua fábrica de armas, comer en una venta que hay por la zona y pasar la muga por allí. Hoy toca recorrido de montaña —corroboró Ane.

—Bueno, montaña, montaña… Será verla porque lo que es andar… Excepto el paseo hasta el molino no parece que vayamos a andar mucho, ¿eh?

—No te quejes, Amaiur, que por algo se empieza y además ¡esta vez no vamos a ver tiendas! —enfatizó Irune.

Salimos de Iruña en coche dirección Eugi a las diez y media de la mañana. Casi una hora después, entrábamos por el camino forestal y poco a poco el hayedo se iba espesando. Dejamos el coche en el punto en el que una cadena impedía el paso a los vehículos; a partir de ahí, deberíamos seguir a pie. Veinte minutos más tarde nos hallábamos frente a las ruinas del antiguo molino. No había vuelto desde el día que encontré la carta y por eso, tal vez, esta vez lo vi con diferentes ojos. Cada piedra parecía hablarme; ¿cuántos secretos guardarían aquellos viejos mampuestos? La muerte de una hija, la desaparición de un hijo, la emigración del otro y la angustia de unos padres al verse solos, cuánto dolor encerraba aquel lugar.

—Pues molino lo que es molino, yo no veo —dijo Irune.

—Hay que imaginárselo un poco; si no, ¿por qué iba a tener el riachuelo esta construcción? Aquí a la derecha estaría el edificio, por aquí entraría el agua y ahí más adelante regresaría al cauce.

—En aquella época habría más agua que ahora porque si no, sería imposible que esto fuera un molino —comentó Ane, como si sus palabras no tuvieran importancia ninguna, pero una sombra de duda nubló mi mente por un momento.

—¿Qué otra cosa podría ser? —pregunté.

—No lo sé, pero para los molinos hace falta agua y aquí apenas hay.

Pero yo había encontrado a una familia Goñi en un molino en Eugi; tenía que ser este molino y esta familia, ¿no? No podía estar equivocándome de lugar. ¿Y si era justo eso? ¿Y si me estaba equivocando en todo? Entonces, ¿qué era este edificio? ¿Qué hacía la carta allí escondida?

Como para darle un poco de realidad, bajé y les mostré dónde había encontrado la carta; volví a sacar la piedra de su sitio y revisamos el interior. Era profundo, pero estaba vacío; ya no había nada en él.

Mis chicas pronto perdieron el interés por aquellas viejas ruinas que a mí me fascinaban cada vez más.

Seguimos paseando un poco más por el camino, aprovechando que la lluvia fina no llegaba hasta el suelo en aquel tupido hayedo. A Leire le gustaron unas flores silvestres que descubrió en una de las laderas; dijo que habían sido lo mejor del paseo. El resto del día lo pasamos según lo previsto: visitamos la vieja fábrica de armas o, más bien, los pocos restos que quedaban de ella esparcidos aquí y allá. A las dos y media nos sentábamos a comer unos bocadillos al lado de la estufa de leña de la venta Esteribar y así entrábamos en calor, ya que estábamos empapadas; los chubasqueros no habían podido resistir la insistencia del agua, que, aunque fina, no había parado ni un solo minuto.

De vuelta a casa, volví a sacar la carta; quería comprobar si hacía referencia a algún molino. No lo hacía, ni a un molino ni a ningún otro lugar, pero no podía dejar de pensar que había algo raro en ella. Estaba escrita de forma bastante atropellada y el poema no tenía mucho sentido. Estuve horas dándole vueltas hasta que por fin lo vi.

Las Chilcas 18 de noviembre de 1897
Querida María, espero que te encuentres bien y con buena
salud en compañía de tu querida familia. Yo me
encuentro muy bien.

A. D. G.

Que esta sirve para decirte que me alegró
un ciento recibir tu carta; me sentí muy
entusiasmado y marché sin otro quehacer a todo
trote a comprar papel para poder
un servidor responderte cuanto antes. Aquí es
muy duro el trabajo, pero se paga bien.
Ansío poder regresar en un par de años con
tanta fortuna a esa tierra nuestra siempre tan
amada y pedir tu mano como Dios manda. Me
satisfaría que pudieras ver todo esto; seguro
te encantaría. Aquí podríamos ser muy felices
estando juntos los dos.
Antes de despedirme, quisiera escribirte un
motivo de dicha que supongo será para ti, la
interpelada, el leer un poema escrito de mi
hiperactivo puño y, sin más dilación, comienzo:
«En la noche, tu fragancia se desdibuja como
restos de flores marchitas en tu ausencia.
Mas nada puede hacer acudir tu fragancia
a flores vivas mientras tú
no estés presente.
olvidar tu olor es imposible,

pero embotellarlo
no puedo, mas yo
acudiré presto siempre
a la llamada de ese dulce amor.
La distancia no vencerá, cual
policía buscaré tu olor en cualquier lugar.
Si te vas, mi amor,
me quedaré perdido.
Dices que me amas como yo a ti, mas
¿dónde podremos guardar tanto amor?
Esta noche de distancia añoro
su fragancia de ensueño, su
cuerpo de diosa.

Piensa lo que te digo y espero con impaciencia tu respuesta.

Xabier Goñi

Me quedé atónita, podía ser una coincidencia, pero ¿y si no lo era? ¿Era una carta de amor o una amenaza? ¿De qué cuerpo hablaba?

«Pero no acudiré a la policía si me dices dónde está su cuerpo». Tenía que ser coincidencia, porque nada de lo anterior tenía sentido.

¿Qué querría decir? ¿Dónde estaba el cuerpo de quién? ¿De su hermano desaparecido? ¿El de algún animal?

Pero si Xabier estaba en Chile, ¿por qué escribía una carta desde allí en estos términos? ¿Cómo podía acusar él a alguien desde allí? Más preguntas; esta historia tenía más preguntas que respuestas. Si no era una carta de amor a María, eso quería decir que ella había hecho desaparecer algún cuerpo.

Esto me hizo volver a pensar en mi madre, en su desaparición. Aquel día tenía revisión médica, aunque ni Lur ni yo lo sabíamos. Lo cierto es que, hasta que ella desapareció, nunca nos habíamos tenido que preocupar por nada que no fuéramos nosotras. El secreto profesional impidió que el colegiado nos informara sobre nada referente a aquella visita, aunque, tras la orden del juzgado que permitía a los médicos saltarse esa confidencialidad con la policía, estos dejaron de hacer lo que quisieran que estaban haciendo para encontrarla. Parecía como si ya no la buscaran viva, sino muerta; empezaron a cambiar las frases, de «estamos haciendo todo lo posible por encontrarla» a preguntas del tipo «¿su madre tenía seguro de vida?». Ya no preguntaban si tenía amigos o parientes fuera de Pamplona, sino que lo hacían por cosas como «¿su madre tenía tendencia a la depresión?». Esos pequeños matices, ese empezar a hablar de ella en pasado, no se nos escapó a ninguno de los tres y, por más vueltas que le dimos, no encontramos ninguna explicación. Ella jamás se habría ido sin decirnos nada. Y ahora, otra desaparición más, aunque esta fuera pasada, me removía por dentro. No tenía fuerzas para seguir buscando a mi madre; era demasiado doloroso. Se me quedaba grande, pero esto que tenía entre manos, ¿sería capaz de continuar con mi nuevo *hobby*? O más me valdría dejarlo. Sea como fuere, no iba a tomar ninguna decisión al respecto; solo dejaría fluir y haría lo que el cuerpo me pidiera en cada momento.

4

María

Cuando morimos, cada uno tenemos una experiencia diferente; supongo que esta tendrá que ver con nuestra personalidad. Hay quien se queda atrapado en el momento de su muerte, hay quien se junta con sus seres queridos y hay quien se duerme y no vuelve a despertar, salvo que haya algo que lo haga volver y eso es justo lo que me pasó a mí: desperté en un lugar completamente desconocido. ¿Quién es la chica que tiene esa maldita carta en la mano? Me sentía desorientada; no reconocía el lugar, ni a la chica, ni todos los aparatos que veía, pero, por alguna extraña razón, tampoco me sorprendía. Solo estaba desorientada y tenía que ubicarme para saber qué hacía allí. Me encontraba en el umbral de una sala de estar pequeña, con suelo de madera, un sofá de tres plazas que parecía cálido y cómodo y un mueble pequeño con una televisión grande enfrente. Al fondo, unas puertas parecían dar paso a un pequeño balcón y, detrás de mí, un pasillo largo y oscuro, con varias puertas a los lados, daba acceso a una cocina que tenía la puerta abierta.

Una chica que al parecer se llamaba Amaiur estaba sentada en el sofá con la carta en la mano. La dejó sobre la mesita, sacó papel, un lapicero y se puso a escribir unas palabras: «pero no acudiré a la policía si me dices dónde está su cuerpo». La chica parecía decepcionada, aunque yo no entendía por qué.

Amaiur solo había encontrado la segunda parte del mensaje, pero había bastado para que sospechara que alguien había muerto. Yo, en cambio, supe que algo no marchaba bien desde el mismo momento en el que había recibido la carta. Nunca en toda mi vida había hablado con Xabier; él era cuatro años menor que yo, un niño. Para mí era como si no existiera, por eso aquella carta no tenía sentido. Al principio pensé que sería de Mattin, que, de alguna retorcida manera, se había arrepentido de lo que había hecho y quería restablecer el contacto o que, simplemente, me estaba poniendo a prueba, pero tampoco aquello tenía sentido, así que busqué en ella como si de un puzle se tratara y encontré el mensaje que ocultaban aquellas supuestas palabras de amor. Comprendí que solo Mattin podía ser tan retorcido como para poder hacer algo así: acusarme a mí de su propia desaparición.

Comencé a recordar el día que recibí aquella carta, cómo me sentí cuando descubrí que se me acusaba de asesina. Pensé en mi hija: ¿quién la cuidaría si a mí me pasaba algo? Me llené de rabia y fui andando hasta el molino de los Goñi. Pregunté por Mattin, pero me dijeron que él no estaba allí y, entonces, me enfrenté a sus padres.

—¿Dónde está escondido ese miserable hijo vuestro? ¿Dónde está Mattin?

—¿Qué pasa, María? ¡Hace casi tres años que no sabemos nada de él! ¡Ya lo sabes!

—¡Mentirosos! ¿Dónde lo tenéis escondido? ¡Mattin, da la cara! ¡Sal, miserable!

—¡Ya basta, María! ¡Él no está aquí y deja ya de blasfemar!

Entonces miré a los ojos de la señora Xabiera; vi angustia y confusión en ellos. El señor Eder no los tenía diferentes, salvo tal vez por un rayo de esperanza, y entonces me derrumbé. Me eché a llorar, descargando todo el dolor y toda la tensión que llevaba dentro desde hacía casi tres años, y entre lágrimas y sollozos les conté toda la verdad. Les hablé de cómo Mattin y yo empezamos a vernos a escondidas, cómo nuestro amor fue creciendo poco a poco, o más bien el mío, cómo le entregué mi cuerpo y cómo quedé en cinta, cómo oculté el embarazo y cómo empezamos a discutir. Él quería que tomara algún ungüento para abortar, pero yo no quería ni oír hablar del tema. Entonces, cuando el embarazo estaba ya avanzado, empezó a decir que el hijo no era suyo, que él jamás lo reconocería. Se volvió medio loco; no paraba de acudir a mi encuentro cada noche, siempre diciendo lo mismo: que lo mejor era que abandonara a la criatura, que la entregara a las monjas o, simplemente, que la dejara en medio del monte. A mí me escandalizaba tanta frialdad y, además, yo ya amaba al pequeño ser que llevaba dentro y jamás podría hacer algo así.

Al final, una tarde, los dolores hicieron que me partiera en dos, justo cuando volvía por el camino del molino al que había ido a por harina. Supe que la criatura ya llegaba y que no me daría tiempo a llegar a casa. Entonces apareció Mattin de la nada y pensé que él podría ayudarme, pero estaba equivocada. Me cogió del brazo y me sacó del camino a rastras; me llevó monte arriba, entre matorrales de helechos y hayas, y allí, sobre un suelo de tierra, di a luz a una niña. Mi hija y de Mattin, su nieta, la niña que yo hacía pasar por la hija de una prima, Agate, mi pequeña. Mattin entró en cólera nada más verla; se volvió como loco, se puso a escarbar, me arrancó a la pequeña de los brazos y metió a mi niña en el agujero que había hecho y lo tapó con tierra. Yo, desesperada, intenté impedírselo, pero me dio tal golpe que quedé inconsciente en el suelo. Cuando desperté, estaba sola. Tan pronto como fui consciente de ello, me puse a escarbar el agujero y saqué a mi niña del hoyo. La pequeña no respiraba; creí morir. Necesitaba al doctor, la cogí en mis brazos y bajé corriendo con ella. Con una mano sujetaba su cuerpecito y con la otra, puesta en su pecho, rezaba a Dios para que no se la llevara. El viento soplaba tan fuerte que casi nos empujaba hacia atrás y la desesperación de mi carrera hacía que saltáramos monte abajo más que bajar, necesitaba ver al doctor y que él hiciera algo para salvar a mi pequeña criatura. Entonces sucedió el milagro: de repente, mi niña empezó a llorar. Me paré en seco, la envolví en mi mandarra y la apreté contra el pecho. ¡Estaba viva! Supe de inmediato que Mattin nunca podría enterarse de que seguía viva o volvería para acabar con ella. Me encerré en casa y fingí unas fiebres para que nadie me molestara; los vecinos nunca habían sido muy cotillas, cosa de la que me alegraba enormemente en aquel momento. Emilia tenía mi edad y su hermano Tasio era dos años mayor que nosotras. Era pastor de vacas y pasaba la mayor parte del tiempo en el monte. Sus padres apenas salían de casa; los habían tenido a una edad avanzada y sus fuerzas ya empezaban a flaquear. Todas las mañanas, mi vecina Emilia me llamaba a ver si necesitaba algo; yo me asomaba a la ventana y le decía que no necesitaba nada. Poco a poco empecé a hacer vida normal, no me ausentaba de casa más que lo necesario y siempre mientras mi pequeña dormía. La gente empezó a pensar que me había vuelto huraña, que mi autoenclaustramiento en casa no era normal. Emilia incluso me propuso llamar al doctor por si mi falta de interés por salir de casa se debía a alguna enfermedad de esas de la mente. Al final, la convencí de que no era nada de eso, era tan solo que estaba muy ocupada; inventé que me había propuesto renovar todos los cubrecamas de la casa y que pasaba las horas cosiendo porque quería que fueran bonitos. Ella insistía en pasar a verlos y un día incluso lo hizo. La dejé pasar una tarde mientras Agate echaba la siesta. La niña era como un reloj, sabía exactamente cuándo se dormía y cuándo se despertaba. Fingí tener dolor de cabeza para tener una excusa por la cual hablar en voz baja y, además, también sirvió para que ella se quedara poco rato. El resto de días se convirtieron en rutina: madrugar para atender la huerta, alimentar a Agate, hacer las labores de la casa y coser mucho. Una vez a la semana preparaba un carro con todos los bordados, metía a Agate en un cesto e iba hasta Zubiri a poner un puesto en el mercado con el que sacar algunos cuantos reales para poder vivir y, de paso, aprovechaba para comprar lo que necesitaba. Al principio fue fácil mantener a Agate escondida; dormía la mayor parte del tiempo, pero cada vez se iba haciendo más difícil, aunque yo le explicaba que no podía verla nadie e intentaba mantenerla oculta.

Y así pasaron más de dos años. No había vuelto a ver a Mattin; estaba tranquila y la niña empezaba a necesitar libertad. Cada vez era más inquieta, ansiaba salir a la calle. Entonces inventé que me había escrito mi prima para que me quedara con su hija y que había aceptado; así, sin más, un día pude hacer vida normal con mi pequeña Agate. Hasta que recibí aquella carta.

De regreso de mis recuerdos, volví a encontrarme en aquella sala sin saber bien por qué. La chica ya no estaba allí.

5

Amaiur

Volví a leer la carta una vez más; al fin y al cabo, era lo que el cuerpo me pedía. Sentí frío sentada en aquel sofá. Descubrir aquella frase en la carta me había dejado mal cuerpo. Dejé el papel y el lápiz, y me levanté a hacerme una infusión a ver si así entraba en calor.

Cuando me la tomé, me sentí mejor; ahora me urgía todavía más descubrir la verdad sobre aquella historia. Si se denunció la desaparición de Mattin, en el informe del caso constaría si había vuelto a aparecer. Y si no hubiera aparecido, ¿era posible que María lo matara? ¿A eso se refería con que le dijera dónde estaba su cuerpo? María había matado a Mattin y lo había hecho desaparecer.

Este pequeño reto que me había puesto me estaba enganchando de verdad; cada vez me intrigaba más conocer el final de la historia, pero al día siguiente madrugaba para ir a trabajar, así que más me valía olvidarme del asunto por un rato.

Días más tarde volví al Archivo General, con la idea de buscar entre las actas judiciales una sobre la desaparición de Mattin. Como no sabía en qué año había desaparecido, decidí escoger la fecha de la carta y, de ahí, tirar para atrás. Intuía que, de encontrarse allí, la denuncia de la desaparición, aparecería antes si empezaba por la fecha de su nacimiento que si lo hacía al revés.

Estaba en racha; encontré el documento que buscaba. Eran cuarenta páginas casi indescifrables. Pedí una copia del documento; estas las mandaban por correo electrónico y tardaban en llegar cerca de quince días. Así que me senté a intentar descifrar el original.

La denuncia la habían puesto los padres el 15 de marzo de 1895, un poco más de dos años antes de cambiar el testamento. Al parecer, el día anterior su hijo mayor había marchado al pueblo a trabajar en la serrería como cada mañana y no había vuelto a casa. Habían preguntado en el trabajo y les dijeron que había estado trabajando como siempre y que había dicho que se iba a casa como todas las tardes. Nadie había notado nada extraño en su comportamiento, aunque uno de los compañeros aseguró que desde hacía unos meses se le veía nervioso, aunque no sabía decir por qué. Los padres corroboraron estas palabras; ellos también habían notado a su hijo algo nervioso y distante, aunque tampoco sabían decir por qué. Al margen había una nota del día 20 de marzo que explicaba que no habían recogido la denuncia hasta ese día por parecerles que no había pasado tiempo suficiente para considerarlo desaparecido.

Iban a cerrar el Archivo General y yo tenía que ir a mi clase de Pilates. Aunque me fastidiara admitirlo, necesitaba aquellas clases porque mi trabajo me tenía el cuerpo machacado y, desde que había empezado a tomarlas, me notaba mejor; la espalda me dolía menos y apenas me fastidiaban las rodillas. Así que, sintiéndolo mucho, no me daba tiempo a mirar más; tendría que esperar a que me mandaran la copia por correo electrónico para seguir descifrando aquel documento. De momento, el nombre de María no había aparecido; claro que todavía me quedaban treinta y siete páginas por revisar.

Las dos semanas que pasaron hasta que recibí el informe por correo se me pasaron más rápido de lo que esperaba. A la gente le había entrado la fiebre de las compras y yo acababa machacada y sin tiempo a terminar; llegaba a casa y apenas tenía fuerzas para nada; me dedicaba a descansar y solo me levantaba para hacer lo que malamente se dice las labores del hogar.

Lo malo de aquello era que mi cabeza no paraba de pensar en mi madre. ¿Y si a ella también la habían matado? ¿Y si estaba herida? Habían pasado demasiados años, pero el no tener respuestas seguía doliendo como el primer día; la incertidumbre me carcomía y pensaba en qué podía hacer para encontrarla, aunque no se me ocurría nada y el sentimiento de culpa me abrumaba. Todos los esfuerzos que había hecho durante años para mantener aquellos sentimientos a raya se estaban desmoronando ahora como un castillo de naipes, pero, por suerte, uno de aquellos tediosos días, por fin recibí el acta judicial de la desaparición de Mattin y, desde el momento en el que recibí aquel correo, una nueva fuerza se apoderó de mi cuerpo. Así que, nada más comer, me puse a tratar de descifrarlo. Tres horas después, apenas había avanzado página y media; aquello me iba a costar más de lo que esperaba y, para colmo, esas páginas no arrojaban luz; eran solicitudes de información en el Hospital de Navarra y este les contestaba que no habían atendido a nadie con ese nombre en los días anteriores. También había del cercano cuartel de Zubiri que decía que no habían detenido a nadie con ese nombre; se habían mandado también a los puestos fronterizos por si hubiera pasado por allí, pero tampoco era el caso.

Tardé casi una semana en descifrar del todo el archivo completo; nadie lo había visto y nadie conocía su paradero.

Tampoco el nombre de María aparecía por ningún lado. El informe casi llegaba a su fin cuando, en el último folio, aparecía una nota que decía que Mattin había reclamado la herencia de sus padres en el año 1912. Es decir, estuvo desaparecido diecisiete años, pero finalmente había aparecido. Diecisiete años dan para mucho. ¿Dónde habría estado todo ese tiempo? Si María no había matado a Mattin, ¿a qué cuerpo se refería la carta? Cuantas más vueltas le daba, menos me parecía que fuera una coincidencia el hecho de que aquellas palabras con las que se iniciaban las líneas de la carta eran simples palabras puestas al azar; cada vez estaba más convencida de que se habían escrito así deliberadamente. Así que María había hecho desaparecer algún cuerpo, pero ¿el de quién?

De repente, las luces empezaron a parpadear y saltaron los plomos. Me pareció ver que una llama había salido de uno de los enchufes; me levanté y fui a encender los plomos de nuevo. A mi regreso, vi que, efectivamente, el enchufe estaba quemado. Estas instalaciones eléctricas no podrían durar para siempre; tendría que llamar al electricista, otro gasto extra que no estaba segura de poder afrontar, pero tenía que hacerlo porque ahora ya no podría estar tranquila pensando que en cualquier momento mi piso podría incendiarse. Así que me esperaban días de nervios hasta que me lo miraran y arreglaran.

En ese momento sonó el teléfono; era Lur, tan oportuna como siempre, que volvía a tener problemas con sus «amigos» y necesitaba pasta. Le di la misma respuesta de siempre: aquí tenía una casa, podía venir y vivir conmigo, podía venir solo a comer o solo a dormir, lo que le pareciera, pero aquí no quería drogas. Ella siempre rechazaba la oferta, insistía en que necesitaba el dinero para comer, pero eran demasiadas mentiras ya como para seguir creyendo en su palabra.

Esa noche me costó dormir; mi mente me jugaba malas pasadas, me venía olor a quemado cuando, en realidad, eran los vapores de la cocina del bar de abajo. Cada vez que cerraba los ojos, me daba la sensación de escuchar cómo los cables crujían, presos de un incendio dentro de la pared. Mi paranoia no tenía límites, pero al final el cansancio pudo más y caí en un profundo sueño.

J

6

María

No podía soportar ver cómo me acusaban de asesina; mi enfado iba creciendo a medida que la energía de Amaiur cambiaba. Había empezado con emoción, después preocupación y por fin determinación, pero ¡una determinación equivocada!

Desde que recibí aquella maldita carta, vivía con más miedo todavía. Al miedo de que volviera a aparecer Mattin para llevarse a Agate se le sumaba el miedo a que me acusaran de asesina; ahora mis temores se estaban haciendo realidad. Aquella persona, que no sabía quién era, me estaba acusando de asesina y todo porque había encontrado parte de una acusación en una vieja carta.

Nadie sabía que Mattin y yo nos veíamos a escondidas; era un secreto que los dos habíamos guardado con celo. Al principio no entendía cómo Xabier podía haber llegado a sospechar de mí; después deduje que su hermano le habría contado algo, tal vez, que nos veíamos a escondidas, tal vez que iba a acusarlo de ser el padre de mi criatura. ¿Quién sabía lo que le habría dicho? Pero después de años dándole vueltas, era lo único que tenía sentido.

La chica, Amaiur, volvió a removerse en el sofá y entonces dijo en voz alta:

—Fuera quien fuera, María, no podría ser trigo limpio.

Aquello fue la gota que colmó el vaso; mi enfado y mi angustia hicieron que toda mi energía se desparramara y las luces empezaron a temblar, encendiéndose y apagándose hasta que un enchufe explotó y todo se quedó a oscuras. Me di cuenta de que había sido yo la causante de aquel destrozo; tendría que controlarme más, no podía ir por ahí estropeando instalaciones eléctricas.

Amaiur no sabía nada; lo que tenía que hacer era ayudarla a descubrir la verdad y ese no era el camino. Tendría que armarme de paciencia y hacer que descifrara la primera parte del mensaje oculto de la carta; de ese modo entendería que yo era inocente.

Observé cómo Amaiur se levantaba del sofá y, como ayudada por la luz de su teléfono móvil, iba hasta la entrada del piso. Abría el cajetín y levantaba el interruptor de los plomos.

Me quedé con ella hasta que se durmió, aunque por un momento pensé que iba a pasarse la noche en vela.

Estuve horas repitiéndole la frase: «Lee las iniciales, lee las iniciales», al oído, pero tendría que esperar hasta el día siguiente para ver si había funcionado. No sabía cómo guiarla para que descubriera la verdad, pero de alguna manera tendría que hacerlo.

7

Amaiur

Me desperté con una sensación extraña en el cuerpo; estaba cansada y me dolía la cabeza. Seguramente estaba cogiéndome algún catarro, me hice un zumo de limón con zanahoria y me lo tomé junto a mi descafeinado calentito.

En media hora estaba con la energía suficiente como para afrontar otro día de duro trabajo en el hipermercado. Cada día había más trabajo y estábamos con menos personal; los jefes no paraban de inventar nuevas formas de ahorrar costes y siempre pagábamos las mismas. Mientras ellos se quejaban de que iban mal, no dejaban de tener sus vacaciones en países exóticos y vivían en chalés de lujo. Como si nosotros no nos diéramos cuenta de que cada vez se vendía más; era imposible que les fuera mal. Lo que hacía que se les tuviera cada día más ojeriza eran egocéntricos, explotadores y mentirosos. Como empresarios serían muy buenos, pero como personas, digamos que si existiera el cielo y el infierno, estos irían derechos al infierno.

Me pasé toda la mañana nombrando las iniciales de los productos que reponía; el catarro me estaba afectando a la cabeza, porque aquello no era normal. Al mediodía vino Leire a comer a casa; había discutido con su novio y necesitaba desahogarse. Que discutiera no era nada nuevo, pero el desahogo sí, señal de que esta vez la cosa era más seria.

Me contó su drama personal; lloramos, bebimos, reímos y después le conté yo lo de mi instalación eléctrica. Preferí omitir la llamada de mi hermana; total, hacía tiempo que había tirado la toalla con ella, aunque me dolía verla así. Si ella no se quería dejar ayudar, era inútil seguir dándome golpes contra la misma pared. Estaría ahí cuando quisiera ayuda real; mientras tanto, tendría que apañárselas sola y afrontar las consecuencias de sus decisiones. Me había costado mucho llegar hasta este punto. Tras la muerte de nuestro padre, cuando Lur decidió irse a vivir con sus amigas, me sentí perdida y muy sola; si no hubiera sido por el apoyo de mis amigas, no sé qué habría sido de mí. Fueron ellas las que me advirtieron de que no podía seguir así. Cada vez que Lur necesitaba dinero, venía a mí llorando, diciendo que lo necesitaba para comer o que la habían echado de casa y había encontrado una habitación, pero necesitaba para la fianza, o que quería hacer un curso. Al final, sus problemas económicos se convirtieron en un gasto mensual y lo peor es que siempre era todo mentira. Yo me mataba a trabajar para ayudarla, hacía horas extra y apenas me llegaba para pagar mis propias facturas. Pero era mi hermana y no podía dejarla tirada; me costó abrir los ojos, pero un día me planté. Mis amigas me hicieron ver que yo también tenía derecho a vivir, a tener una vida. Por eso, contarle la llamada a Leire no me parecía nada oportuno, así que opté por contarle mis avances en la investigación, como había descubierto un mensaje oculto en la carta, y se mostró tan intrigada como yo. Saqué la carta y la leyó y releyó. Barajamos varias hipótesis, cada cual más descabellada; nos reíamos de nuestras ocurrencias, seguramente ayudadas por el vino de la comida, cuando de pronto su semblante cambió; se quedó en silencio, concentrada, mirando aquel viejo papel.

—¡Ostras, Amaiur! ¡Creo que he encontrado algo!

—¿Qué es? —le dije intrigada.

—Míralo tú misma. Lee las iniciales de cada línea.

Empecé, pero las primeras no tenían ningún sentido: L, Q… Por un momento pensé que me estaba tomando el pelo.

—Venga, lee —insistió.

—Ya voy, ya voy.

Y entonces lo vi; vi a qué se refería Leire cuando decía que creía haber encontrado algo y me quedé helada.

Las Chilcas, 18 de noviembre de 1897

Querida María, espero que te encuentres bien y con buena

salud en compañía de tu querida familia; yo me

encuentro muy bien

A. D. G.

Que esta sirve para decirte que me alegró

un ciento recibir tu carta. Me puse muy

entusiasmado y marché sin otro quehacer a todo

trote a comprar papel para poder

un servidor responderte cuanto antes. Aquí es

muy duro el trabajo, pero se paga bien.

Ansío poder regresar en un par de años con

tanta fortuna a esa tierra nuestra siempre tan

amada y pedir tu mano como Dios manda. Me

satisfaría que pudieras ver todo esto; seguro

te encantaría. Aquí podríamos ser muy felices

estando juntos los dos.

Antes de despedirme, quisiera escribirte un

motivo de dicha que supongo será para ti, la
interpelada, el leer un poema escrito de mi
hiperactivo puño y, sin más dilación, comienzo:
«En la noche tu fragancia se desdibuja como
restos de flores marchitas en tu ausencia.
Mas nada puede hacer acudir tu fragancia
a flores vivas mientras tú
no estés presente.
Olvidar tu olor es imposible,
pero embotellarlo
no puedo, mas yo
acudiré presto siempre
a la llamada de ese dulce amor.
La distancia no vencerá, cual
policía buscaré tu olor en cualquier lugar.
Si te vas, mi amor,
me quedaré perdido.
Dices que me amas como yo a ti, mas
¿dónde podremos guardar tanto amor?
Esta noche de distancia añoro
su fragancia de ensueño, su
cuerpo de diosa.

Piensa lo que te digo y espero con impaciencia tu respuesta.

Xabier Goñi

«Sé que tú mataste a mi hermano». Que si lo unimos a lo que ya había encontrado antes, quedaba así: «sé que tú mataste a mi hermano, pero no acudiré a la policía si me dices dónde está su cuerpo».

¿Cómo no lo había visto antes? ¿Cómo se me pudo pasar algo así?

Así que Xabier sospechaba que María había matado a su hermano, pero eso no podía ser. Mattin había tardado 17 años, pero había aparecido para reclamar la herencia de sus padres.

¿O sí podría ser? ¿Y si solo lo creyeron muerto cuando en realidad estaba por ahí viviendo la vida? Pero si fue así, ¿qué sentido tendría? ¿Por qué se habría ido sin avisar? Tan de repente y, además, después de haber ido a trabajar, sin esperar a cobrar. ¿Y si no fue Mattin quien reclamó la herencia, sino un impostor haciéndose pasar por Mattin? No, eso era absurdo; Xabier lo habría reconocido. Lo que me llevó a pensar que no sabía cuándo habían muerto los padres de Mattin y Xabier. ¿Xabier heredó y entró en pleitos con su hermano? ¿O Mattin apareció nada más morir sus padres? Tendría que buscarlo; eso quería decir que tendría que volver a pedir cita en el Archivo Diocesano. Eso seguramente sería más rápido que revisar una a una todas las actas notariales de todos los notarios de la zona en diecisiete años. Aunque si tardaban en darme la cita, dos meses, como la última vez, era probable que lo encontrara antes en el Archivo General con todos sus notarios. Así que haría las dos cosas por si acaso. Y, ¿qué había pasado con María? ¿La habían acusado durante diecisiete años de asesina? ¿Lo era?

Más preguntas sin respuestas. No sabía cómo encontrar a María; no tenía forma de saber quién era solo con un nombre de pila. Si al menos hubiera aparecido su nombre en alguno de los informes.

—Amaiur, ¿me escuchas?

La voz de mi amiga Leire me sacó de mi mundo interior y me trajo de vuelta al mundo real.

—Sí, perdón; solo estaba pensando en lo que esto implica.

—Ya veo, se te pone interesante la historia, ¿eh? Es como una telenovela por capítulos. ¡Te decía que tenemos que bajar al Itsaso a celebrar este descubrimiento!

—¿Al bar a estas horas? ¡Nos van a tomar por borrachas!

—¡Y qué más da! Hace dos horas estábamos llorando por un idiota y ahora estamos celebrando que han matado a alguien y te diré más: ¡seguro que se lo merecía el cabrón!

No pude evitar echarme a reír. Sin duda, Leire estaba afectada tanto por su discusión con Gorka como por los vinos que llevábamos encima, pero hoy era su día; hoy era ella quien necesitaba consuelo, así que si quería bajar a celebrar el hallazgo, bajaríamos y lo celebraríamos por todo lo alto.

LA VIDA EN UN SEGUNDO

8

María

Esto era increíble. Amaiur había encontrado el mensaje; había visto en el informe de la desaparición que demostraba que yo no era quien lo había hecho desaparecer y aun así seguía sospechando de mí. ¿Qué tenía que hacer para quedar libre de culpa?

Volví a revivir aquellos angustiosos meses, cuando tras recibir la carta y exigir a los padres de Mattin que lo sacaran de su escondite, les confesé toda la verdad sobre la existencia de Agate y lo que su hijo había hecho. Como me obsesioné con la idea de que todo el mundo me miraba, como si todo el mundo supiera que Agate existía, pero también como si todo el mundo creyera que yo había hecho desaparecer a Mattin. Estuve semanas aterrada, esperando a que en cualquier momento vinieran los guardias a llevarme al calabozo, pero los padres de Mattin no hicieron nada; ni se acercaron a conocer a su nieta, ni comentaron nada de lo ocurrido con nadie. De lo contrario, seguro que habría llegado a oídos de Emilia y esta no habría dudado en presentarse en casa para obtener información de primera mano. Lo que sí que hicieron fue cambiar el testamento; de esto me enteré más tarde, pero cuadrando fechas fue en aquel momento cuando lo hicieron. Si Mattin estaba desaparecido por propia voluntad, ya no heredaría salvo que apareciera a tiempo; a partir de ese momento pasó a ser Xabier el beneficiario de todos los bienes de los Goñi.

En aquellos días me aterraba todo; cualquier ruido proveniente de la calle me hacía saltar de la silla, veía la sombra de Mattin detrás de cada casa. Creí que iba a volverme loca, pero pasaron los días y poco a poco me fui tranquilizando, aunque me seguía obsesionando la idea de no saber si la carta era realmente de Xabier o de Mattin.

Venir, venía de las Américas, eso era seguro. Si Mattin estuviera allí, perfecto; yo podría respirar tranquila, pero ¿y si hubiera regresado? ¿Y si nunca hubiera estado allí y realmente era Xabier quien había enviado la carta? Por lo que tenía entendido, Xabier sí que había marchado a las Américas a probar fortuna. La incertidumbre de no saberme a salvo me tenía en un sin vivir, aunque todo aquello se me pasaba cuando miraba la carita de mi preciosa Agate, tan redondita y bonita, con su pelo oscuro y sus ojos grandes. Cuando sus pequeñas manitas agarraban mi dedo apretándolo fuerte, yo creía explotar de amor; no había nada más maravilloso en el mundo que aquellos momentos con mi hija.

Como me hubiera gustado que fuera de otra manera, haber podido salir a la calle con ella y presumir ante las vecinas de lo guapa que era, verla crecer feliz y sintiéndome segura y reconfortada con un hombre bueno a mi lado, que nos quisiera a las dos tanto como nosotras a él. Pero la vida no siempre te da lo que deseas y la mía empezaba a tener más espinas que rosas. Lo que estaba claro es que la vida me cambió en el instante en el que di a luz y Mattin mató a mi niña. ¡Y ahora encima sería recordada como la persona que hizo desaparecer a Mattin! ¡Ojalá todo hubiera sido diferente! Cuánto sufrimiento me habría ahorrado; entonces se sabría la clase de persona que era Mattin, pero las cosas fueron como fueron y ahora él pasaría a ser una víctima, un pobre hombre con la desgracia de haberse cruzado en el camino de una mala persona, cuando era justo al contrario. Esto era otro atropello más, otra vuelta de tuerca a lo que había sido mi vida y no era para nada justo. De alguna manera tenía que hacer que Amaiur limpiara mi nombre.

Las observé coger los bolsos y salir a la calle; por lo menos iban a brindar por la muerte de Mattin. A mí también me habría gustado hacerlo, así que algo era algo.

9

Amaiur

Estábamos en el Itsaso con sendas jarras de cerveza en las manos cuando un chico se acercó a nuestra mesa. Tenía más o menos nuestra edad, pelo corto por delante, pero un poco largo por detrás; era bastante más alto que yo y tenía unos ojos color castaño preciosos.

—Perdona, pero tú sueles estar en el Archivo General, ¿no? —dijo nervioso, dirigiéndose a mí.

—Sí —le contesté, algo intrigada.

—Te he visto varias veces por allí; yo también voy a menudo. Estoy haciendo un trabajo de fin de carrera sobre el papel de la mujer en los valles pirenaicos en el siglo XVII.

—Perdona, ¿cómo has dicho que te llamas? —lo interrumpió Leire.

—Sí, perdón; me llamo Mattin. ¿Y vosotras?

Tal y como escuchamos el nombre, nos echamos a reír; llevábamos brindando por la muerte de Mattin media tarde y ahora nos aparecía un Mattin vivo.

—Nosotras somos muerte y destrucción —le contestó Leire, volviendo a echarse a reír.

—Bueno, perdón. No os molesto más —dijo el chico, perdiendo todo su aplomo.

Se dio media vuelta y se fue de regreso a la barra en la otra punta del bar, donde estaban sus amigos esperándolo.

Leire y yo seguimos brindando toda la tarde por sus dotes detectivescas, por mi caso de investigación, por Mattin, por María e incluso por Gorka. Al día siguiente pagamos la resaca, pero ese día mereció la pena.

Cuatro días después volví a acercarme al Archivo Real y General de Navarra, dispuesta a leerme todos los índices notariales del mundo si hacía falta para saber cuándo murieron los padres de Xabier y Mattin y así descubrir quién fue finalmente el heredero. Así que buscaba una aceptación de herencia, una nueva escrituración, un nuevo testamento o cualquier cosa que pudiera darme esa información. En definitiva, cualquier documento que llevara el nombre de alguno de los miembros de la familia me sería útil, seguro. Ya no buscaba una historia de amor y alguien a quien entregarle la carta. Ahora quería saberlo todo sobre ellos; tantas horas pensando en sus vidas habían hecho que los considerara casi de la familia y aquella investigación era más que un pasatiempo, era como una necesidad de desvelar todos sus secretos, como quien ve una telenovela y día tras día se sienta ante el televisor a la misma hora solo para saber una porción más de la historia.

Entré en el archivo y, cuando avanzaba hacia la mesa que me habían asignado, lo vi. ¡Mattin estaba allí y su mesa estaba junto a la mía! Por primera vez desde que empecé esta investigación me dieron ganas de darme media vuelta e irme sin haber mirado nada; me dio mucha vergüenza que aquel desconocido nos hubiera visto en nuestro mejor momento de borrachera, pero saqué el valor suficiente como para acercarme como si nada pasara. Mattin apenas levantó la vista de los documentos que estaba revisando y eso ayudó un poco. Aun así, no pude concentrarme bien en toda la tarde y, tras horas de infructuosa búsqueda, salí del archivo decepcionada. Ya sabía que iba a ser difícil encontrarlo, también que no lo conseguiría al primer intento, pero en mi interior culpaba a mi falta de concentración del fracaso de la búsqueda y maldecía a mi borrachera, pero sobre todo a Mattin por estar allí.

Salí a pasear por el paseo del Arga, dirección Burlada. Cuando me sentía frustrada, me daba por andar; eso me ayudaba a serenarme, con el río a un lado, como fiel compañero, entonando su suave compás de aguas tranquilas mientras jilgueros, verdecillos y petirrojos, entre otros, ponían la melodía y las ardillas saltaban de árbol en árbol. Era como estar en un cuento de hadas sin salir de la ciudad.

Me puse a pensar en profundidad: si Mattin estaba desaparecido y Xabier creía que María lo había hecho desaparecer, lo más probable era que antes hubiera habido disputas entre los dos, pero ¿qué clase de disputas podían ser? ¿Habrían sido pareja? ¿O eran rencillas familiares de toda la vida las que los llevaban a acusarse de todo? Era Xabier quien escribía la carta desde el extranjero, no sus padres que vivían en el mismo pueblo, y además estaba escrita en clave. ¿Cómo podía saber que María entendería el mensaje? ¿Y si no lo sabía? ¿Y si no estaba seguro de querer que María recibiera aquel mensaje? ¿María llegó a leer el mensaje? ¿Qué hacía la carta en el molino de los Goñi? Eran demasiadas preguntas sin respuesta y no sabía muy bien si iba a poder responderlas algún día, pero lo intentaría; de eso estaba segura. Necesitaba poner las ideas en orden, hacer una cronología y, a partir de ahí, ver cómo podía seguir. Sí, eso sería lo mejor. ¿Por qué podía establecer un plan para averiguar hechos de hacía cien años y no podía hacerlo para encontrar a mi madre?

Se me pasó por la cabeza acercarme a ver si la policía todavía la buscaba, pero lo descarté; claro que no la buscaban, simplemente la tenían ahí metida en una base de datos esperando a que apareciera alguien y les dijera que ya había aparecido. Al principio creí en ellos; acompañaba a mi padre casi a diario a hablar con los agentes para ver si había avances, para contarles cosas de mi madre que les pudieran ser de utilidad. Pero, pasado el tiempo, incluso aquello se convirtió en otra fuente de frustración; nos contestaban con evasivas hasta que un día nos dijeron claramente que el caso de mi madre no era una prioridad: «La vida sigue y cada día llegan más casos». No volvimos a ir.

Por otro lado, estaba el asunto de la herencia de mi padre. Lur me había insinuado en varias ocasiones que le vendría muy bien el dinero para mil proyectos disparatados y siempre le había dado largas. Me daba miedo que, al recibir dinero, se lo fundiera en drogas y terminar de perderla a ella también. Esperaba que fuera solo una mala racha, pero la mala racha se estaba alargando demasiado. Qué difícil me resultaba tomar decisiones sobre mi vida; tal vez por eso me centraba tanto en la investigación.

El día siguiente lo dediqué a hacer una lista de fechas y acontecimientos con el fin de establecer la cronología que me había planteado hacer el día anterior.

— El 1 de septiembre de 1873, nacía Mattin Goñi.
— El 10 de octubre de 1877, nacía Xabier Goñi (era cuatro años menor que su hermano).

- El 15 de marzo de 1895, los padres de Xabier denunciaban la desaparición de Mattin Goñi (Xabier tiene 17 años y Mattin 21).
- El 25 de marzo de 1897, los padres de Xabier y Mattin cambian el testamento en favor de Xabier (Xabier tiene 19 años, por lo que ya es mayor de edad).
- El 18 de noviembre de 1897, Xabier escribía una carta acusando a María de hacer desaparecer a su hermano (Xabier tiene 20 años y está en las Américas, no puede llevar mucho tiempo allí).
- El 3 de agosto de 1912, Mattin reclama la herencia de sus padres (Mattin tiene 38 años).

Estaba en ello cuando sonó el timbre de casa.

—¿Quién es? —pregunté a través del telefonillo del portero automático.

—Electricista —contestó una voz masculina. ¡Se me había pasado por completo la cita con el electricista! Últimamente tenía la cabeza en otra parte.

En realidad, era un alivio que por fin viniera porque había sido una semana de miedos; cada vez que salía de casa pensaba en si esta seguiría en pie cuando volviera y cada vez que enchufaba algo temía que hubiera otro cortocircuito y esta vez se incendiara. Por suerte, mis desvelos iban a terminar ese día.

Al abrir la puerta, me quedé sin palabras; Mattin estaba al otro lado, tan sorprendido como yo.

—Vaya, parece que últimamente nos vemos en todos los lados —le dije para disimular la vergüenza que me daba verlo tras nuestro comportamiento de la semana anterior.

—Si el destino se empeña en juntarnos, tendremos que hacerle caso, ¿no crees? —me contestó con una sonrisa de oreja a oreja.

Yo me quedé tan avergonzada que, para evitar responder a una pregunta de la que no estaba segura si era broma o era literal, empecé a explicarle atropelladamente lo que me había pasado con la luz, el enchufe y la llama que había salido de él. Mattin enseguida se puso manos a la obra y yo regresé a mis papeles; estaba releyendo el informe de la desaparición por si se me había pasado por alto algo que pudiera conducirme hasta María cuando se acercó Mattin y me dijo:

—¿Puedo saber qué investigas en el archivo?

Yo le expliqué un poco por encima la historia que tenía entre manos y cómo me había atascado sin saber el final de esta.

—Vaya, en Eugi, ¿eh? La madre de mi abuela nació allí. Si quieres, puedo preguntarle a ver si le suenan de algo estos nombres, aunque solo fuera de oírlos nombrar a su madre.

Me sorprendió el ofrecimiento y dudaba que sirviera para algo, pero en aquel momento necesitaba toda la ayuda que pudieran brindarme, así que le di las gracias e intercambiamos teléfonos por si sacaba algo en claro para que me lo dijera. Le apunté en un papel los nombres y fechas que tenía; también le hice un resumen de la historia.

—Bueno, y en cuanto a mi problema eléctrico, ¿qué me dices?

—Bueno, en cuanto a eso te diré que tienes varias opciones. Lo recomendable en instalaciones viejas de este tipo es cambiar la instalación completa. Has tenido suerte porque podría haber quemado la caja del magneto y entonces te habrías quedado sin luz en toda la casa, o se podría haber incendiado directamente. Por suerte, se ha quemado solo el enchufe, pero al ser una instalación tan vieja puede volver a ocurrir. Si decides cambiarla completamente, habría que echar números concretos, pero, teniendo en cuenta que en estos pisos es mejor no picar, supongo que la opción sería poner canaletas: una de 10x22 para las bajadas y otra de 20x40 para las derivaciones. Más enchufes, interruptores, caja, cables y mano de obra saldría por unos 10 000 euros.

Casi me da un infarto cuando escuché esa cantidad; madre mía, ¿de dónde iba a sacar yo tanto dinero?

—Has dicho que tenía varias opciones, ¿no?

—Sí, bueno, otra opción es que tú compres el material y que encuentres a alguien que te lo haga gratis; eso podría salirte por unos 5000 euros si compras marcas blancas. Como he dicho esto sería lo ideal, pero entiendo que no siempre estamos preparados para algo así. Lo que sí tienes que hacer es arreglar por lo menos lo quemado. Sería echar canaleta desde la caja de empalmes de la habitación hasta aquí y cambiar el enchufe. Eso podría hacértelo por unos 120 euros. Y más adelante, cuando puedas, ir arreglando el resto de la casa poco a poco.

—Esa va a ser la opción, sí. Ahora mismo no puedo permitirme gastarme semejante dineral y, además, no conozco a ningún electricista.

—Bueno, me conoces a mí, pero si quieres la opción de arreglar lo quemado, te lo puedo hacer ahora mismo.

—Eso sería genial y así tengo una cosa menos en la que pensar.

Mattin se puso manos a la obra enseguida y, cuarenta minutos después, estaba terminado.

10

Amaiur

El reloj marcaba las tres de la mañana; un extraño sueño había hecho que me despertara agitada. En él, una mujer desconocida aparecía en mi habitación; había una luz muy potente, pero que no dañaba los ojos. Yo me incorporaba y, al hacerlo, uno de los cojines que poblaban mi almohada caía al suelo. La mujer parecía ser un poco mayor que yo, llevaba el pelo recogido en un moño y vestía una falda oscura y una camisa ocre, algo pasadas de moda. Me decía que no tenía mucho tiempo, que se llamaba María y que si quería saber la verdad, tendría que encontrarla. Yo estaba desconcertada, sin entender nada.

—¿Encontrarte? ¿Cómo? —le decía yo.

—Bajo las orquídeas. Tengo que irme ya, no lo olvides, búscame.

Entonces desapareció sin más y yo me desperté sobresaltada, encendí la luz de la lamparita de la mesilla y encontré el cojín en el suelo, en la misma posición en la que lo había visto en mi sueño. Me pareció muy extraño y no pude pegar ojo en lo que quedaba de noche. Una hora más tarde, en vista de que me iba a ser imposible volver a dormir, me levanté y puse a calentar el horno. Cogí un par de plátanos, unas cucharadas de manteca de cacahuete y cacao en polvo, lo batí todo con la batidora, eché la mezcla en unos recipientes para magdalenas y los metí al horno.

Todavía les costaría hacerse; al horno no le había dado tiempo a calentarse, todo el proceso me había costado como cinco minutos, así que lo dejé calentándose a fuego lento y me di una ducha. Desayuné mis magdalenas de chocolate junto con dos tazas de café. Con lo poco que había dormido, iba a necesitar cafeína para poder afrontar el día. Hasta las seis de la mañana no entraba a trabajar, eso quería decir que me sobraba media hora. Aunque trataba de evitarlo, no podía dejar de darle vueltas al sueño que había tenido; había sido tan real que me daba la sensación de que no había sido un sueño y, al despertar, el encontrarme la habitación tal y como la había visto en el sueño ayudaba a pensar que en realidad había pasado de verdad, que una mujer llamada María me había dicho que para saber la verdad tenía que encontrarla. Debía de ser la María de mi investigación, ¿quién podía ser si no? Pero después mi lado racional se imponía y me repetía a mí misma que era imposible que hubiera sido otra cosa que no fuera un sueño. De hecho, yo me había despertado a las tres y, según mi sueño, ya estaba despierta antes, así que ese simple hecho echaba por tierra la teoría del espíritu, por no hablar de que no existía nada después de la muerte; era mi subconsciente mandándome mensajes, nada más. Decidí salir antes e ir despacio y sin prisa; total, no tenía otra cosa que hacer y en casa no estaba cómoda.

Como era de esperar, la mañana se me hizo eterna. Las primeras horas fueron bien, pero después mi cuerpo empezó a acusar la falta de sueño y, a partir de ahí, el reloj decidió ralentizarse y no avanzar.

Llegué a casa y me fui directa a dormir. Cuando desperté, tenía una llamada perdida de Mattin. Lo llamé, pero no contestó, así que esperé a que él me devolviera la llamada, pero no lo hizo.

La tarde fue pasando sin que el teléfono sonara. Estuve tentada de llamarlo varias veces, convencida de que me llamaba para decirme que su abuela no recordaba nada, pero no lo hice; quería mantener la ilusión de que, tal vez, por ese lado descubriera algo. Me fui pronto a la cama con la esperanza de dormir esa noche sin sobresaltos y, para mi sorpresa, así fue. Dormí del tirón, sin levantarme ni siquiera para ir al baño.

Al día siguiente, mientras comía, se me ocurrió que bien podía permitirme el lujo de parecer un poco más loca. Si María quería que la encontrara, igual encontraba su tumba en el cementerio y, dándole vueltas a de qué manera podría reconocerla, me di cuenta de que si hacía caso al sueño, por lógica sería la tumba que tuviera unas orquídeas en la lápida. Eso sí tenía sentido; así podría saber su nombre completo y sus apellidos, y ¡a partir de allí podría buscarla! ¡Era perfecto! Llamé a mi amiga Irune, sabiendo que ella se apuntaría fijo a una excursión así, por muy improvisada que fuera.

—Si nos preguntan, les decimos que estamos haciendo turismo de cementerio, que después de visitar el de París y el de Londres hemos decidido visitar todos los cementerios de Navarra —dijo Irune muy seria mientras conducía su Ford Transit. Esta era blanca y tenía una franja rosa rodeándola entera, lo que hacía que no pasara desapercibida, no solo por su tamaño sino por su aspecto. Parecía sacada de una tienda de juguetes, pero en gigante.

Tuve que echarme a reír sin remedio por la ocurrencia de mi amiga, pero lo cierto era que normalmente no solía haber muchos intrusos en los cementerios de los pueblos.

El cementerio estaba a las afueras de Eugi, pero antes de la pista forestal que llevaba al molino. Subimos por un camino de cemento hasta el camposanto, aparcamos la furgoneta a un lado y nos acercamos a la pequeña puerta de hierro. La empujamos para entrar, pero estaba cerrada. No habíamos caído en la cuenta de que no en todos los pueblos el cementerio estaba abierto siempre en determinados horarios; había algunos en los que tenías que pedir la llave a los alguaciles para poder entrar cuando quisieras y, al parecer, este era el caso. Intentamos escudriñar las lápidas desde la puerta para ver si conseguíamos leer algo, pero solo alcanzábamos a ver las primeras lápidas y ni siquiera podíamos distinguir lo que había escrito en ellas. Empezamos a bordear el cementerio por fuera, por si tenía otra puerta o había alguna forma de colarnos en él, ya que habíamos ido hasta allí, por lo menos que el viaje no hubiera sido en balde. Estábamos a punto de darnos por vencidas cuando escuchamos acercarse un coche y parar junto a la entrada. Nos acercamos a paso ligero hacia la cara delantera del cementerio, donde habíamos dejado la furgoneta, y dimos la vuelta a la esquina justo en el momento en el que dos personas entraban por la puerta del camposanto. Nos colamos sin miramientos y empezamos a avanzar entre las tumbas; buscábamos las más antiguas.

—Acuérdate de que buscamos a alguien que se llama María y que tenga alguna orquídea. La tumba puede ser más o menos de entre 1897 y 1987. Así, *grosso modo* —le recordé a Irune en voz baja.

—Bueno, solo son noventa años, seguro que no ha habido ninguna María en ese tiempo, como es un nombre tan raro —contestó con sarcasmo Irune.

Nos detuvimos en cada tumba, leímos todos los nombres, incluso de la parte nueva por si había algo por allí, y aunque había muchas Marías, ninguna tenía ninguna orquídea, ni ninguna otra flor que pudiera hacernos pensar que pudiera ser ella.

Definitivamente, la visita de la otra noche había sido un sueño, fruto de mi subconsciente que me había jugado una mala pasada; allí no había nada. Salimos del cementerio decepcionadas; la pareja que había abierto la puerta aún seguía por allí limpiando varias lápidas y regando algunas flores. Nos montamos en la furgoneta e iniciamos el camino de vuelta a casa.

—Cuando quieras hacer más turismo de cementerio, avísame. No hace falta que pongas excusas; con decirme «vamos» ya sabes que yo voy.

—No era una excusa; yo estaba convencida de que hoy encontraría algo. De verdad creía que mi sueño no había sido un sueño y hoy iba a quedar demostrado, y ahora me siento como una gilipollas. Tengo que tener una cara de tonta en estos momentos que me da hasta vergüenza.

—No te preocupes, esas cosas pasan. Igual no fue un sueño o igual no has sabido interpretar el mensaje, no te ofendas, pero tampoco es que seas la más lista de tu calle.

Se me escapó una sonrisa; sabía que esas palabras eran una herramienta que mi amiga utilizaba para quitar hierro al asunto y que me sintiera mejor, aunque cuando lo hacía con desconocidos estos siempre se escandalizaban y la tachaban de borde. Pero era solo que no sabían entenderla; en el fondo era todo dulzura y corazón. De repente, un rayo de lucidez traspasó mi mente: estaba tan centrada buscando el nombre de María que había pasado por alto el resto de nombres.

—Da la vuelta —le dije.

—¿Qué?

—¡Que des la vuelta! No hemos encontrado a María, pero puede que los padres de Xabier y el resto de los Goñi estén allí enterrados y entonces sabré las fechas de sus muertes. Estoy perdiendo facultades porque esto es lo primero que se me tenía que haber ocurrido y no he caído en la cuenta hasta ahora.

Por suerte, cuando llegamos, el matrimonio aún estaba allí. Pasamos por delante de ellos y fuimos directas a la parte vieja del camposanto. Nos llevó solo un par de minutos encontrar lo que buscábamos; allí estaban las tumbas de Eder Goñi y de Xabiera Mariezkurrena, pero había algo raro: según las fechas que aparecían en las lápidas, los dos habían muerto el mismo día. Probablemente hubieran sufrido algún tipo de accidente, no lo sabía, pero me llamaba mucho la atención porque no era lo habitual. 16 de agosto de 1898. Me apunté la fecha para mirarlo en el archivo; tal vez allí sacara más información.

Volvía a casa satisfecha por el hallazgo, pero mi satisfacción se hizo añicos en cuanto me acerqué al portal de mi piso. Allí estaba Lur, hecha un guiñapo, extremadamente delgada, con el pelo sucio y una sonrisa que más bien parecía una mueca en los labios. Lo primero que pensé fue que hacía una eternidad que no la veía; nunca la había visto tan flaca ni en tan malas condiciones. Se acercó a mí e intentó convencerme de que le diera algo de dinero. Discutimos en mitad de la calle: yo le insistí en que tenía que dejarlo, que yo la ayudaría, pero que no podía seguir así. Ella se enfadó y me dijo que no tenía ningún problema, que su único problema era yo, que me negaba a arreglar los papeles de nuestro padre; me acusó de querer quedarme con todo el dinero, como si nuestros padres hubieran andado sobrados alguna vez. Al final logré convencerla diciendo que arreglaríamos los papeles, pero que teníamos que hacerlo juntas. La vi marchar por la calle; parecía más relajada, pero yo me quedé más preocupada, si cabe.

11

Amaiur

Me despertó la melodía del teléfono; era sábado por la tarde y había madrugado para trabajar. Había llegado tan cansada que me había ido derecha a echar la siesta, no había hecho ni comer y el sonido del teléfono me sobresaltó, pero lo dejé sonar; no quería levantarme de la cama todavía. Al poco volvió a sonar, dos llamadas en poco tiempo, no era lo habitual. Me arrastré hasta el cuarto de estar; la pantalla iluminada mostraba el nombre de Leire.

—¿Qué se quema? —dije con la boca pastosa nada más descolgar el teléfono.

—Nada, ¿no puedo llamar a una amiga o qué?

—Sí, claro, pero como lo has hecho dos veces, me ha parecido raro, sin más.

—¿Dos? Yo solo te he llamado esta vez y es para recordarte que hoy hemos quedado en el Itsaso para planear la siguiente excursión. Ane quiere ir a no sé qué centro comercial en Zaragoza; estoy buscando aliadas para votar en contra.

—Lo del centro comercial no me motivaba mucho, pero dicen que hay un supermercado chino en Zaragoza que tiene productos veganos muy buenos y la verdad es que quiero probar alguno, así que no sé. Acabo de despertarme, me lo pienso, ¿vale?

—Qué remedio. Nada, pues luego nos vemos allí.

Colgué y me quedé mirando la pantalla; marcaba una llamada perdida. La abrí y vi que había sido Mattin quien la había hecho. Ya no me acordaba de él y un rayo de esperanza cruzó mi mente; igual al final sí que su abuela recordaba algo. Fui a la cocina, preparé una manzanilla y, mientras me la tomaba, lo llamé.

—¿Sí? —contestó una voz masculina.

—¿Mattin?

—Hombre, Amaiur. ¡Estaba empezando a pensar que no me cogías el teléfono aposta! ¿Todo bien? ¿Te ha vuelto a dar problemas el enchufe?

—No, no. Todo bien, la instalación eléctrica no ha vuelto a darme problemas, gracias. Llamaba porque tenía una llamada perdida y supongo que será porque has hablado con tu abuela, ¿no?

—Sí, bueno, llamaba por eso, pero no he hablado con mi abuela. Verás, tengo pensado ir mañana a hacerle una visita y se me ha ocurrido que podrías venir también, y así le preguntas tú directamente lo que quieras.

Me quedé cortada; eso no me lo esperaba para nada y no supe qué contestar.

—Amaiur, ¿estás ahí?

—Sí, sí, perdón. Es que me has pillado por sorpresa, pero bien, me parece bien.

—Genial, te recojo mañana a las nueve de la mañana.

—Vale.

Me arrepentí tal y como colgué el teléfono; por otro lado, si le decía que no, lo mismo tampoco hacía el esfuerzo de preguntar. Al fin y al cabo, yo solo era una desconocida, así que lo dejé estar, pero unos nervios se apoderaron de mi cuerpo y ya no me abandonaron hasta que bajé al Itsaso, donde estaban mis tres

LA VIDA EN UN SEGUNDO

amigas en la mesa de siempre. Les conté lo que me había pasado hacía solo un rato y mi cita del día siguiente. Me pidieron que les mandara ubicación, pero yo ya había eliminado de mi teléfono todas las aplicaciones, así que lo de la ubicación iba a estar complicado. Y pensándolo bien, ni siquiera le había preguntado dónde vivía su abuela, así que iba totalmente a ciegas, pero este detalle me lo guardé.

También les conté la visita de Lur, lo mal que la había visto y su insistencia para cobrar la herencia. De alguna forma, se había hecho con la cartilla de nuestro padre, descubriendo así que en ella había algo de dinero. Estaba asustada por ella y no sabía qué hacer; necesitaba consejo desesperadamente. Mis amigas me aconsejaron hablar con una asistente social; tal vez ella podría explicarme los procedimientos a seguir para ingresar a Lur en un centro de desintoxicación y también podría ayudarme con los trámites para lo de la herencia. Lo cierto era que ellas andaban tan perdidas como yo; tampoco sabían cómo iniciar los trámites ni de lo uno ni de lo otro. Tal vez por ello enseguida pasamos a debatir sobre nuestro futuro destino; al final ganó la opción de Zaragoza, aunque lo del centro comercial estaba por ver.

Al día siguiente bajé a las nueve en punto a la calle; no tenía muy claro dónde habíamos quedado. Me había dicho que me recogía, pero donde yo vivía los coches solo podían acceder con permiso del ayuntamiento, era mucha molestia para una simple recogida. Miré a los lados; la calle estaba completamente desierta a esas horas. Saqué el teléfono, dispuesta a llamarlo para concretar un lugar justo en el momento en el que escuché el ruido de un motor acercándose. Esperé a que terminara de acercarse el vehículo y, para mi sorpresa, allí estaba Mattin en un flamante

Citroën C3 Aircross negro. Me monté en él sin apenas saludar, pensando en la multa que le iba a caer.

—Sabes que, aunque entres solo para recoger a una persona, necesitas permiso igualmente, ¿no?

—Buenos días a ti también. Tranquila, tengo permiso; se te olvida que soy chispas y no es la primera vez que vengo por estas calles.

—Sí, buenos días, perdón. Vale, vale, estaba apurada pensando en la multa, pero supongo que a ti no te preocupan esas nimiedades.

—Eres de esas, ¿no?

—¿De cuáles?

—De a las que no se les puede hablar de par de mañana hasta que el café les hace efecto.

Me sorprendió su comentario y, aunque en parte me ofendió, por otro lado tenía que reconocer que hasta que no me despejaba, solía mostrarme bastante irascible.

Después de un rato en silencio, le pregunté:

—¿Dónde vive tu abuela?

—En Güesa.

—¿Dónde está eso?

—En el valle Salazar.

Estuvo parco en palabras; supuse que estaba midiendo cuánto podía hablar sin que yo le soltara alguna bordería.

Por fin, unos cincuenta minutos más tarde, llegamos al pueblo; estaba situado al fondo de un valle protegido por altos montes llenos de robles. Me pareció un sitio precioso. El pueblo era pequeño, pero tenía unas casas enormes con tejados a dos aguas o incluso más, típicas de los valles pirenaicos. Cogimos el único cruce que te permitía entrar al pueblo y, a los pocos metros, entramos en una calle de piedra con casas a los lados. Avanzamos hasta la mitad de la calle y torcimos a la izquierda por una calle que no parecía tener salida. Aparcamos junto a la puerta y una mujer que no alcanzaría los setenta años salió a recibirnos. Lo primero que pensé fue que era demasiado joven para ser su abuela; esperaba a una anciana arrugada y encorvada, y me encontré con una mujer llena de vitalidad y muy parlanchina. Nos hizo pasar al interior de la casa, donde nos recibió una entrada grande y agradable, decorada con antiguos aperos de labranza. Subimos al primer piso y nos hizo pasar a una amplia cocina, donde nos sacó unos cafés y unas galletas sin preguntarnos siquiera si los queríamos. La abuela de Mattin era alta y delgada, iba muy bien arreglada, pero se notaba que no era algo excepcional, sino que algo en su porte daba a entender que era su estilo habitual. Acababa de venir de su paseo matutino con las amigas; nos explicó que andaban por la carretera unos días en dirección a Sarries y otros en dirección a Uscarres e Iziz. La médica decía que tenía que hacer ejercicio, aunque ella opinaba que bastante ejercicio hacía en la huerta todos los días. No eran ni las diez de la mañana y esa mujer ya había hecho mil cosas y estaba estupenda, y yo, en cambio, todavía no había terminado de desperezarme. No había querido desayunar demasiado en casa porque no sabía muy bien a dónde íbamos y me daba miedo marearme; no era lo habitual, pero alguna vez me había pasado si había desayunado en exceso y no era yo quien conducía, así que el café me sentó genial.

Mattin le explicó que yo había encontrado una vieja carta de amor en Eugi y que ahora andaba buscando información por si lograba encontrar a algún descendiente de los protagonistas de la carta. Noté que omitía deliberadamente la parte en la que encontraba un mensaje oculto; yo le dije que la escribía un tal Xabier Goñi desde las Chilcas en Chile y la destinataria era una tal María, pero que no conocía el apellido.

—Lo siento, cariño, pero no me suena —me dijo con cara de pena.

—Pero igual puedes enseñarme esa carta; puede que, si la leo, igual me acuerdo de algo.

—Claro que sí, Águeda, pero no la tengo aquí, no se me ha ocurrido traerla, pero haré una copia y se la daré a Mattin para que se la traiga.

—¿Acaso no vas a venir más? ¿Qué tan mal te estoy tratando? ¿O es que Mattin no se porta bien?

—No, señora, no es eso; es solo que he pensado que… Nada, que no estaba pensando —le dije atropelladamente, poniéndome roja como un tomate.

No tenía intención de volver; la pobre mujer sospechaba que su nieto y yo teníamos algo. Yo no quería meter la pata, así que, como Mattin no la sacó de su error, yo tampoco lo haría, pero no pensaba desaprovechar esa oportunidad, así que continué preguntando.

—Al parecer, los padres de quién escribió la carta vivían en el molino y solo un año después murieron los dos; supongo que algún accidente. La verdad es que no sé muy bien por qué.

—Ahora sé de quién me hablas, sí. Mi difunta abuela nació en Eugi, lo que pasa es que, por circunstancias, siendo pequeña, vino aquí a vivir y aquí hemos nacido las demás, pero ella siempre se consideró de Eugi y aprovechó cada ocasión que tuvo para volver allí. Le gustaba pasear por sus senderos más que por el pueblo, pero siempre que íbamos visitaba tres sitios: la casa en la que había nacido, el camino del molino y el cementerio. Y en el cementerio siempre le ponía alguna flor a Eder y Xabiera, así se llamaban quienes regentaban el molino. Decía que habían muerto en trágicas circunstancias, que era muy triste, pero nunca dijo cómo, y si lo dijo, yo no lo recuerdo; al fin y al cabo, eran temas sin importancia para mí.

Aunque esto no me aclaraba gran cosa, el saber que había gente que los conocía le daba realismo a la historia. Hasta ahora era como una novela; esto convertía a la historia en real, eran amigos de alguien, alguien los conocía y, tras su muerte, seguía acordándose de ellos.

Águeda se empeñó en que comiéramos allí; nos hizo unas lentejas riquísimas y se notaba que los ingredientes eran buenos. Después de comer, quiso que la acompañáramos al cementerio; decía que, con las escasas visitas que le hacía Mattin, cuando venía, tenía que visitar a la familia. Me fue imposible no pensar que, con tanto que los había evitado durante años, este era mi segundo cementerio en poco tiempo. Salimos de casa e hicimos el mismo camino que habíamos hecho con el vehículo por la calle empedrada. Cruzamos la carretera y atravesamos el frontón del pueblo, cuya pared pegaba directamente con los muros de la iglesia. Por un momento pensé que se había equivocado de camino, pues una valla nos impedía el paso, pero esta tenía una puerta que se abría sin llave y nos sacó a un camino de hormigón. Caminamos alejándonos del pueblo, dejamos un viejo molino a un lado; no quise ni mirarlo, ya tenía suficientes molinos por el momento. Salimos a la carretera general y cruzamos el puente por el que pasaba el río Jabrós; solo unos metros más adelante se encontraba el camposanto, prácticamente al borde mismo de la carretera. Era un recinto muy pequeño, apenas un cuadrado del tamaño de un aula de colegio. Con unas paredes que algún día fueron blancas, pero que ahora lucían desconchadas y dejaban ver el color marrón de la masilla con la que estaban hechas, tenía una puerta de rejas de hierro a través de la cual podía verse prácticamente todo el recinto. Las tumbas, en su mayoría, estaban junto a las paredes. Parecían ser de diferentes épocas: unas de piedra, otras de mármol e incluso alguna de hierro.

La puerta estaba cerrada solo con un pestillo a modo de cerrojo; la abrimos y entramos. Águeda avanzó hasta el fondo, donde una flor de lis coronaba una lápida en la que se podía leer: «María Sagastibeltza, 18 de febrero de 1925-14 de junio de 2015». Volvió a sorprenderme la fecha; no había pasado tanto tiempo desde 2015. Si Águeda era abuela de Mattin, supuse que María sería su bisabuela; una punzada de envidia me atravesó el pecho, porque él había podido conocerla. Tras cada lápida había un cartel con diferentes nombres; debí quedarme mirándolos en exceso porque Mattin se acercó a mí y me explicó que esos carteles llevaban escritos los nombres de las casas. En el valle de Salazar lo más importante era la casa; por eso, incluso en el cementerio, esta tenía protagonismo. Estuvimos unos minutos en silencio y, cuando pensaba que nos íbamos a ir, Águeda se detuvo junto a otra lápida; en esta ponía: «Agate Iturgoien, 14 de marzo de 1895 / 1 de diciembre de 1985». Había vivido casi un siglo entero; ¡guau! Allí también estuvimos un par de minutos; después nos señaló tres lápidas más, parecía un cementerio familiar. Eran tres hombres; deduje que las dos primeras eran de los maridos de las difuntas anteriores y que la última, la del propio marido de Águeda. Solo nos paramos en esta tercera. Águeda se inclinó, besó sus dedos y los puso sobre el nombre inscrito en la lápida: «Félix». Me dio la sensación de estar fuera de lugar, como si estuviera observando una escena privada que no debería ver. Salimos del cementerio en silencio y volvimos paseando hacia la casa; esta vez no entramos, nos despedimos en la puerta y nos fuimos.

Ahora estaba más intrigada todavía por saber qué les podía haber pasado a Eder y Xabiera; fuera lo que fuera lo que les había pasado, como era de suponer, había sido trágico.

12

Amaiur

A media mañana paré de trabajar cinco minutos y salí a la calle para pedir cita con la asistenta social. Para mi sorpresa, la persona que me atendió dijo que tenía un hueco ese mismo día a la una menos cuarto; al parecer, alguien lo había cancelado en el último momento. Pensé que aquello era una señal y acepté la cita de inmediato; no me daría tiempo a pasar por casa para cambiarme de ropa, pero me daba igual. Solo pensaba en poder ayudar a mi hermana.

Me recibió una mujer de unos 50 años, de rostro afable y voz dulce; le expuse todos mis problemas: con la desaparición de mi madre, la muerte de mi padre, los papeles sin arreglar y, sobre todo, los problemas de drogas de mi hermana y su insistencia por cobrar la herencia, y mi miedo a que ello la matara. La mujer me escuchó con atención, sin interrumpirme. Y después, amablemente, me explicó que ella no era psicóloga; me preguntó si pensaba que yo necesitaba uno, a lo que contesté con un no rotundo, mientras sentía cómo el calor inundaba mi rostro, casi podía sentir cómo mi cara se ponía roja por momentos, pero ella no se inmutó; en su lugar, apuntó un número de teléfono en un papel y me lo tendió.

—Si alguna vez te ves superada y crees que necesitas desahogarte, llámales, seguro que ellos podrán ayudarte.

Me quedé mirando el papel sin saber qué decir; en él podía leerse «teléfono de la esperanza, 24 horas al día, 365 días al año» y debajo un número de teléfono.

—Me decías que tu hermana está metida en drogas y quiere desintoxicarse.

—Bueno, metida en drogas sí, pero querer desintoxicarse, realmente no quiere, pero cada vez está peor y me da miedo que le pase algo. Por eso estoy aquí, para ver si hay alguna forma de meterla en un centro de desintoxicación.

La asistenta me miró con cara de pena.

—Lamentablemente, tengo que decirte que no; si ella no quiere, no podemos obligarla. Los programas de desintoxicación solo funcionan si el enfermo quiere curarse. Son programas completos; en ellos hay psicólogos, educadores, monitores... mucha gente trabaja para ayudarlos a conseguirlo, hacen actividades y, sobre todo, terapia, tanto grupal como individual, pero como te digo, solo si la enferma quiere. Además, cada caso es distinto; hay personas que solo necesitan el apoyo de un centro de día, por lo que no llegan a ingresar, y personas que necesitan varios ingresos antes de conseguirlo. Si al final ingresan o no, lo valoran los educadores y psicólogos del centro de día. Puedo conseguirle a Lur una cita con ellos, pero tiene que aparecer. ¿Tú crees que lo haría?

Negué con la cabeza.

—Entonces tu primer trabajo será intentar convencerla. Si lo consigues, llámame a este número de teléfono y os conseguiré la cita. —Me tendió otro papel con otro número de teléfono—. De todas formas, no te culpes si no lo consigues. Tienes que entender que las personas drogadictas son enfermas y que nada de lo que les pasa es responsabilidad tuya.

—Vale —contesté. Cada vez me sentía más pequeña.

—También me has hablado de arreglar unos papeles, ¿no? ¿Cuánto tiempo hace que desapareció tu madre?

«¿Mi madre?», pensé sin dar crédito. Quería arreglar los de mi padre; mi madre estaba desaparecida, no muerta.

—Doce, pero ¿eso qué tiene que ver?

—A partir de los diez años de desaparición, sin ninguna señal de vida o pista sobre su paradero, se puede declarar muerta a una persona. De ese modo, puestos a hacer papeles, podríais heredar de los dos al mismo tiempo. Para ello, tienes que hacer una declaración de ausencia y, a esos efectos, el juez hará sus pesquisas, pero como hay una denuncia de desaparición puesta, irá rápido y será él quien la declare fallecida. ¿Tus padres tenían testamento hecho?

—Que yo sepa, no.

—En ese caso, cuando ya tengas el papel que la declare como fallecida, necesitarás el acta de últimas voluntades de ambos, partida de nacimiento y de defunción, pero hasta que no tengas lo primero no haría nada porque será tener que hacerlo dos veces.

Salí de allí con la sensación de haber sido arrollada por un camión. Miré el reloj; era la una y media. Necesitaba distraerme y no pensar en todo lo hablado con la asistenta. Fui a casa, me cambié de ropa, picoteé algo y no pude esperar más. En cuanto salí de casa, me fui derecha al Archivo Real y General de Navarra; eso sí que me distraería. Además, esta vez sabía exactamente lo que buscaba y le pedí a Sara que me sacara las actas judiciales del valle de Esteribar del año 1898.

En cuanto tuve los documentos en mis manos, me puse a buscar los nombres de Eder y de Xabiera. No me costó mucho dar con ellos; el acta se iniciaba el mismo día de sus muertes, el dieciséis de abril de mil ochocientos noventa y ocho. Eran ciento treinta páginas, así que pedí una copia y me puse a buscar entre tantos papeles la causa de la muerte. Me llevó un rato encontrar algo parecido: «causa desconocida». No tenía sentido; ¿los dos muertos por causa desconocida? Tal vez tendría que leerme todos los folios para enterarme bien de qué había pasado, así que, como por ese lado no iba a sacar nada en claro por el momento y de todas formas tendría que esperar a que me llegara la copia, decidí ir adelantando el trabajo. Devolví los documentos y pedí a Sara las actas notariales de todos los notarios que operaban en el valle de Esteribar en el año 1898. Pasé el resto de la tarde buscando sus nombres entre diferentes libros y no hallé nada de ellos, ni los de sus hijos. Sara tuvo que acercarse para informarme de que cerraban; apunté rápido los datos de los notarios que me faltaba por revisar y salí de allí decepcionada.

No me di cuenta de lo cansada y hambrienta que estaba hasta que llegué a casa; se me había olvidado comer aquel día. Me hice una sopa rápida y unas croquetas que tenía en el congelador. Me lo comí todo en silencio, mientras el barullo de la calle se colaba por las ventanas. Un grupo de chicas estaba celebrando algo y sus cánticos y sus risas amenizaban el ambiente.

Me desperté a las tres de la mañana en el sofá. Debía haberme quedado dormida comiendo; me sorprendió advertir un olor a flores. Sin duda, las de la celebración de la tarde habrían hecho algo y el olor habría entrado en casa y se habría quedado allí. No me importaba; olía bien. Llevé los platos a la fregadera con los ojos medio cerrados y me fui a mi habitación. Me puse el pijama y seguí durmiendo en la cama, aunque ya no pude descansar bien; el resto de la noche la pasé entre pesadillas que olvidaba tal y como despertaba y la sensación de hallarme en un estado de duermevela en el que no terminaba de dormir ni de despertar. Al final, el despertador puso fin a aquel círculo vicioso, sonando a las cinco y media de la mañana; era la señal que anunciaba que debía levantarme y salir rápido si no quería llegar tarde a trabajar. Me encontraba agotada a pesar de haber dormido casi diez horas y el café apenas pudo espabilarme. Últimamente me dolía la cabeza casi todas las mañanas; de seguir así, tendría que ir al médico.

13

María

Recordaba bien la muerte de Xabiera y Eder. Cuando empecé a salir con Agate por el pueblo, haciéndola pasar por mi sobrina, me di cuenta de que la niña no estaba registrada ni bautizada; legalmente no existía, por lo que no podría inscribirla para ir al colegio. Por el momento, no me apuraba mucho; todavía era muy pequeña, tenía solo tres años, pero más adelante tendría que ir. Yo quería que mi niña aprendiera a leer y a escribir para que no pudieran engañarla, que había mucho listo suelto por ahí. Pensé en hablar con don Fermín, el párroco del pueblo, para que al menos la bautizara, pero aquel hombre me daba miedo; tenía una forma de mirar a las mujeres que no parecía nada sana y, cuando hablaba con alguna, siempre se arrimaba demasiado. Yo procuraba evitarlo, aunque no siempre lo conseguía, y tenía que ir retrocediendo con el fin de evitar que se pegara a mí; tan poco espacio entre los dos me incomodaba. El caso es que era día uno de septiembre y Eugi se había vestido de gala; no solo se celebraban las fiestas patronales en honor a San Gil, sino que también inaugurábamos la iglesia. Yo acudí a la celebración con Agate y, mientras me encontraba allí hablando con mi amiga Ximena, con Agate bien agarrada a mi falda, se acercó Xabiera y me preguntó si aquella niña era mi sobrina. Sin duda, ella sabía perfectamente quién era, pero a duras penas consiguió disimular delante de Ximena; se agachó a saludar a la niña y los ojos se le pusieron vidriosos; a punto estuvo de echarse a llorar, y es que Agate tenía ese gesto tan característico de los Goñi, esa nariz recta con esa seriedad en la mirada. Se levantó y, como si fuera lo más habitual del mundo, me dijo que su marido me había traído la harina que había encargado, que me la había dejado en la puerta de casa, pero que, por mi bien, fuera a meterla adentro cuanto antes; en un día de celebración como aquel, había muchos forasteros que se la podrían llevar. Entendí de inmediato que quería que nos viéramos, porque yo no había encargado harina; nunca lo había hecho.

Un rato después vino a casa y estuvimos hablando durante horas de la niña, de Mattin, de lo que sucedió aquel día del nacimiento de Agate. Ella me contó que al principio no podían creer lo que les había dicho sobre su hijo. Ellos pensaban que le tenía que haber pasado algo, porque, si no, él habría vuelto a casa, pero hacía unos meses un hombre había aparecido en su puerta diciéndoles que era amigo de Mattin, que su hijo estaba bien, pero necesitaba dinero para irse a las Américas. Entonces todo les encajó; me dijo también que no le habían dado ni un real a aquel hombre, le habían dicho que si su hijo quería dinero, que viniera él mismo a buscarlo y se lo darían, pero sin verlo no le darían nada.

A mí me aterró la perspectiva de que Mattin rondara por aquí de nuevo y se me debió de reflejar en la cara porque me acarició el brazo por primera vez y me dijo:

—Tranquila, no lo hizo, Mattin no vino y de esto ya hace casi un año. No sé si mi hijo está vivo o está muerto. No sé lo que creer; siempre fue impulsivo desde pequeño, no lo estoy justificando, solo que por un lado me cuesta creer que aquel niño que yo parí pudiera hacer algo tan malo, pero el hombre en el que se convirtió, de ese sí me lo creo.

A Xabiera se le quebró la voz y no pudo seguir hablando; se echó a llorar con cara de pena. Las dos sabíamos que Mattin no era ningún santo, tenía muy mal carácter, pero podía ser maravilloso cuando quería. Yo al principio pensaba que aquella agresividad la sacaba solo con los demás, que jamás sería capaz de hacer algo malo a un ser querido, hasta el día en que nació Agate. Aquel día demostró que era capaz de hacer lo peor a cualquiera.

A partir de aquel día, Xabiera pasaba casi todos los días por casa a ver a Agate; algunas veces venía también Eder. Emilia solía acercarse también cuando los veía entrar; aquello parecía una fiesta diaria. Cuando se iba Xabiera, Emilia solía comentarme con tono de reproche que como ellos ahora estaban solos y sus hijos a saber si iban a darles nietos algún día, y aunque lo hicieran, si ellos llegarían a verlos, y esta niña no tenía padres, para ellos debía ser un aliciente verla. Ella no sabía que ellos ya tenían una nieta y bien cerca.

Por primera vez me sentía segura; esas visitas de los Goñi para mí significaban mucho. Agate tenía a alguien más en el mundo aparte de mí, y más cuando una tarde de agosto, en la que estábamos Eder, Xabiera y yo viendo cómo Agate jugaba con un caballito que Eder le había tallado en madera, me confesaron que habían estado hablando y habían decidido cambiar el testamento e incluir a Agate en él. Yo les dije que no podría ser; Agate legalmente no existía, no estaba inscrita en ningún registro. Uno de mis miedos era que me pasara algo y ella se quedara sin nada, no sabía cómo hacer para poder registrarla, en el ayuntamiento no me dejaban inscribirla como hija mía porque yo ya había dicho a todo el mundo que era hija de mi prima. Me dijeron que hablarían con un abogado a ver qué podía hacer; igual en la capital podría inscribirla. Que no me preocupara, que ellos se enterarían de cómo hacerlo.

Solo unos días después, los dos aparecieron muertos en su casa. La noticia me golpeó como un mazazo; sospeché inmediatamente de Mattin, además todo lo que decían era muy confuso. Primero dijeron que les habían entrado a robar y los habían matado; después, que se habían intoxicado con el humo del fogón de leña de la cocina; después, que los habían envenenado. Era todo muy extraño; yo me sentí sola y perdida, de nuevo estábamos Agate y yo solas en el mundo. Todo el pueblo acudió al funeral; yo temía ver a Mattin aparecer, había preparado todo un plan de huida, había metido lo imprescindible dentro de un macuto que había dejado disimulado entre unas tablas de la era y, en caso de que lo viera, tenía pensado salir de allí a toda velocidad, recoger el macuto y salir del pueblo con Agate cuanto antes. Iría hasta Zubiri y de allí cogería el camino de los peregrinos hasta Espinal; después tendría que atravesar el valle de Aezkoa y parte del de Salazar hasta llegar a Güesa, donde tenía parientes que seguro que me recibirían con los brazos abiertos. Cuando murió mi madre, me pidieron que fuera a vivir con ellos, pero yo preferí quedarme en la que había sido mi casa toda la vida. Al tiempo de nacer Agate, les escribí una carta dándoles la buena nueva; a pesar de que ser madre soltera era un escándalo y una vergüenza y en la mayoría de las familias te repudiaban por ello, yo no lo concebía como tal, quizás porque mi madre me había criado sola; mi padre había muerto estando ella en cinta. Yo nunca había conocido a mi padre y, sin embargo, habíamos salido adelante. Nadie esperaba que yo llegara a formalizar un matrimonio; la hija de una mujer sola no podía ser más que una fresca, y yo les hice tener razón: tuve a mi niña sin casarme y me dio igual.

Al final, ninguno de los hijos de los Goñi acudió a los funerales ni a los entierros. Tal vez por ello el pueblo se volcó más si cabe con aquellos pobres desgraciados que habían muerto solo Dios sabía cómo y por qué en absoluta soledad. Fue un hermano de Eder quien se encargó de elegir los ataúdes y organizar todo lo referente a los sepelios.

Meses después, ya casi nadie hablaba del tema; la gente dio por hecho que no saber cómo habían muerto era lo normal y dieron carpetazo al asunto, siguieron con sus vidas como si nada pasara, pero yo no podía hacer lo mismo, no solo porque se habían convertido en personas importantes para mí y para Agate, sino porque temía que el causante de sus muertes fuera Mattin, y si había sido él y no un accidente, eso quería decir que ni yo ni Agate estábamos a salvo. No sabía qué hacer; dudaba sobre si dejarlo todo e irme con mis tíos a Güesa o si quedarme y hacer como que nada pasaba, pero cada vez me costaba más dormir; cada día que pasaba se me hacía más difícil. Decidí escribir a Xabier; igual a él, en su calidad de hijo, sí que se le había informado y sabía qué les había pasado a sus padres, así que una tarde de Navidad me puse manos a la obra. Escribí a aquella persona que me culpaba a mí de ser la asesina de su hermano para preguntarle qué les había pasado a sus padres. Ante sus ojos, sin duda, quedaría como triple asesina, pero tenía que intentarlo aún a riesgo de meterme en un lío. Tal vez si Mattin tenía intención de hacerme algo y se enteraba de que me estaban investigando, no llevaría a cabo su propósito; tal vez aquello podría ser incluso bueno, pero tenía que poner a Agate a salvo antes.

Envié la carta a Xabier y otra a mis tíos; les expliqué que quería alejarme de aquí, tal vez vender la casa y comprar algo allí, así podría estar más cerca de la familia y Agate podría crecer conociendo a sus primos, aunque fueran segundos. Les expliqué que el plan era mandar a Agate con ellos mientras yo arreglaba el asunto de la venta, embalaba todo lo que me llevaría y, después, si podían acogerme mientras yo encontraba casa a cambio de aportarles lo que pudiera. Se las entregué al cartero y me senté a esperar; aquella noche, por fin, pude dormir bien después de meses sin hacerlo.

De vuelta al presente, yo seguía contrariada. Allí estaba esa chica, Amaiur, desenterrando otra vez el pasado.

14

Amaiur

No podía creerlo; había repasado la lista de notarios una y otra vez. A pesar de saber la fecha exacta de las muertes de Xabiera y Eder, no había encontrado ninguna aceptación de herencia, ninguna nueva escrituración ni nada que se les pareciera. Tendría que esperar a que llegara el acta judicial de las muertes para poder enterarme de algo más; por el momento, poco podía hacer. Recogí mis cosas y salí a pasear por el paseo del Arga; necesitaba llenarme de energía positiva. Todavía no había hablado con Lur, no sabía cómo explicarle todo lo que me había dicho la asistenta social; por suerte, aquella investigación absurda se había convertido en una obsesión para mí. Me preguntaba si no estaría perdiendo la cabeza por empeñarme tanto en algo tan inútil; después me decía a mí misma que no se me ocurría nada mejor en lo que invertir mi tiempo y que, mientras siguiera sin ocurrírseme, podía seguir jugando a ser historiadora o investigadora o lo que fuera que estaba haciendo.

Los días se me estaban haciendo eternos; todavía faltaba una semana y un día para que se cumpliera el plazo de dos semanas que me habían dado en el Archivo para enviarme la copia del acta judicial de las muertes de los Goñi. Me había parecido raro no ver a Mattin en el archivo ninguno de los días que había estado. Desde nuestra visita a Güesa no habíamos vuelto a hablar;

ni yo le había llamado a él, ni él me había llamado a mí. Sentía una punzada de desilusión en mi interior y me enfadé conmigo misma, no sabía ni por qué pensaba en él, era solo un desconocido o no sabía cómo definirlo. En cualquier caso, nadie en el que tuviera que estar pensando. Y justo cuando estaba teniendo aquella discusión interna mientras paseaba con el río como compañero fiel, sonó mi teléfono. Aquel estruendo rompió la magia; hasta aquel momento, todo habían sido sonidos naturales y aquella algarabía estaba fuera de lugar. Me apresuré a hacerlo callar. Descolgué sin mirar siquiera quién llamaba.

—¿Sí? —dije con demasiada brusquedad.

—Buenas, Amaiur. Soy Mattin. Te llamaba solo para ver qué tal estabas y para saber si, bueno, si te apetece que quedemos para tomar algo.

—¿Ahora?

—Bueno, ahora o dentro de un rato o mañana, no sé cuándo te apetezca. No es que mi abuela me haya dado más datos, no tengo nada nuevo para ti, es solo por pasar el rato.

—Bueno, bien, yo estoy en el paseo del Arga, pasando Burlada. Un poco más adelante hay un bar que hicieron en un viejo molino. Si quieres, podemos quedar allí; si no, no pasa nada y nos vemos otro día.

—No, está bien. ¿En media hora más o menos?

—Perfecto, en media hora.

Me quedé mirando el teléfono y a mi alrededor, sorprendida de mí misma. En primer lugar, porque, inmersa en mis pensamientos como había estado, no había sido consciente de haber andado tanto; ya había dejado Burlada atrás y estaba a cinco minutos del molino. En segundo lugar, por haber tenido la osadía de decirle que viniera. ¿Dónde estaría él para haber aceptado?

Me senté junto a una mesa, sobre un suelo de tierra y rodeada de árboles centenarios. Allí se escuchaba el río con más fuerza; el ambiente era idílico, demasiado íntimo incluso, y mientras esperaba a que Mattin llegara, pedí una infusión de manzanilla; me encantaba aquella bebida. El chico llegó puntual, nos pusimos a charlar y, antes de que nos diéramos cuenta, habían pasado horas y ya estaba oscuro. Al final, volvimos los dos a casa en villavesa, el autobús urbano de la comarca de Pamplona.

Esa semana quedamos un par de días más, eso me ayudó a sobrellevar la espera. Miraba mi correo electrónico cada rato por si había llegado el esperado *email* y se me había pasado. Por fin, el viernes por la mañana, tres días antes de lo esperado, llegó el informe. Salí de trabajar y fui directa a casa, me di una ducha rápida, comí sobras de la nevera, puse el teléfono en silencio y me puse a descifrar aquellos papeles. Media hora después, estaba dormida, sentada en el suelo y con la cabeza sobre la mesita del cuarto de estar. Me despertó el timbre de la puerta del portal; contesté y abrí sin preguntar. Apenas un momento después, sonó el timbre de casa. Estaba dormida todavía; miré por la mirilla, era Mattin. Me sorprendió verlo allí, pero lo dejé pasar. Se me quedó mirando en la puerta con una cara divertida.

—Vaya, te queda muy bien ese nuevo *look*. Ese pelo encrespado y esas legañas te sientan fenomenal.

—Anda, calla, algunas madrugamos para trabajar y necesitamos echar siestas.

—Perdón, es solo que estoy en el bar de abajo con unos amigos y se me hacía raro estar aquí y no decirte nada. Te he llamado esta mañana, por si querías pasarte a estar con nosotros.

—He visto la llamada, sí; estaba trabajando y no podía coger; después se me ha pasado por completo devolverla, perdón.

—No pasa nada. ¿Sabes? Eres la chica más rara que conozco.

—Vaya. Gracias.

—Eres la única persona del mundo que se niega a tener WhatsApp, hasta mi abuela tiene y, sin embargo, tú vives como en los ochenta, lo que obliga a los pobres mortales como yo a presentarnos en tu puerta si queremos decirte algo.

—Bueno, también puedes llamar por teléfono.

—¡Cómo no se me habrá ocurrido! Bueno, entonces, ¿aceptas la invitación y bajas?

—Lo siento, pero por fin han llegado los documentos que estaba esperando del archivo y quiero descifrarlos; son 130 folios, así que tengo para rato.

Mattin puso cara de decepción, pero no dijo nada. Se despidió con una sonrisa y yo volví al cuarto de estar. Allí estaba aquel olor a flores de nuevo; no sé lo que hacían ahí abajo, pero hicieran lo que hicieran, por mí podían seguir.

El sábado salí para trabajar y me pasé el resto del fin de semana descifrando los folios.

En un primer momento, sospechaban que habían sido asesinados a manos de una mujer; el golpe en la cabeza de Eder les hacía dudar, pero la aparición de los dos cuerpos en perfecto estado hacía sospechar de algún tipo de envenenamiento, y este tipo de asesinatos normalmente eran cometidos a manos de mujeres. Pero esta teoría se cayó cuando llegaron los resultados de las autopsias, donde decía que las causas de las muertes no estaban claras; los exámenes realizados no habían detectado ninguna sustancia extraña en sus organismos. El corazón se les había parado a los dos de repente, sin causa aparente. Habría sido calificado de muerte natural si no fuera porque habían muerto los dos al mismo tiempo y porque él tenía un golpe en la cabeza que, aunque fuerte, no había duda de que no era la causa de la muerte, lo que lo hacía sospechoso. Pero, como la causa de la muerte era desconocida, no se podía calificar tampoco de asesinato. La casa estaba revuelta, pero no parecía faltar nada de valor. Allí estaba aquel magnífico reloj que sin duda costaría sus buenos reales y la vajilla de plata que tendrían para las ocasiones.

Así que, después de todo, no se sabía cómo habían muerto. Llevaba casi la mitad de los folios; esperaba que lo que quedaba arrojara más luz, pero el lunes madrugaba, así que tendría que dejarlo por el momento.

Al día siguiente, después de trabajar, volví a mi encierro; mereció la pena, el tema se ponía interesante. A pesar de no poder calificarlo de asesinato, se ve que, mientras llegaban los resultados de la autopsia, sí que había tenido ese tratamiento y las personas que habían llevado el caso habían interrogado a varios vecinos del pueblo. Todas decían más o menos lo mismo; argumentaban no saber nada, los hijos de los difuntos estaban el uno en las Américas y el otro desaparecido, no tenían enemigos que la gente supiera. En los últimos meses se les veía por el pueblo mucho más, habían hecho amistad con María; se creía que ellos la habían acogido bajo su protección por estar sola cuidando a la hija de su prima.

Me dio un vuelco al corazón cuando leí el nombre por primera vez; por fin aparecía una María en toda esta historia, pero ¿sería la misma?

Estaba ansiosa por leer su declaración, aunque se me cerraban los ojos de sueño. Eran las diez de la noche y, por primera vez, ni había comido ni había echado la siesta después de trabajar, así que picoteé algo y me eché a dormir. Aquella noche volví a tener pesadillas; me desperté a las tres de la mañana sofocada. No conseguía recordar la pesadilla, pero sin duda había sido angustiosa. El olor a flores inundaba mi habitación, eso me ayudó a relajarme y a coger el sueño de nuevo. Cuando sonó el despertador, estaba agotada; se me hizo la mañana eterna y a punto estuve de irme del trabajo alegando que no me encontraba bien. Pero día que no trabajaba, día que no cobraba; el convenio era tan absurdamente abusivo que, si te ponías mala, los tres primeros días de la baja no cobrabas ni un céntimo. El sindicato que hubiera firmado aquello debería hacérselo mirar; tenía un salario base que no llegaba al salario mínimo interprofesional y no tenía ni una sola cláusula que pudieras decir: «¡Ah! Mira, por esto merece la pena este convenio». En fin, que estaba agotada y de mala leche. Llegué a casa y me fui a dormir directa; me desperté un par de horas más tarde con la boca pastosa. Me desperecé y me puse a hacer la comida: unas lentejas con verduras y arroz. Hice más cantidad de la necesaria, así tendría también para comer al día siguiente. Comí y volvió a entrarme sueño; intenté leer la declaración de María, pero fue inútil, no me concentraba. Así que, enfadada conmigo misma, salí a dar una vuelta; necesitaba hacer algo o iba a volverme loca de la frustración que sentía. Decidí llamar a Lur; necesitaba ir cerrando temas. Para variar, mi hermana estaba demasiado ocupada haciendo nada. Me propuso quedar al día siguiente, así que acepté de mala gana, pero al día siguiente no apareció y yo tampoco insistí.

El miércoles por fin pude retomar la transcripción de los folios. Esta vez decidí no pasarme y ponerme un horario para luego no tener que pagar las consecuencias de no comer ni dormir las horas necesarias.

Por fin me centré en la lectura del interrogatorio de María Iturgoien; no sabía si era la misma María de la carta, pero era la primera María que aparecía en esta historia, así que tenía un interés especial en ella. La interrogaron varias veces en el margen de dos meses. En el primer interrogatorio dice que si los han matado, sin duda ha sido su hijo Mattin. Esto hace que los investigadores duden de su versión; parece demasiado oportuno culpar a alguien que está desaparecido y que no va a aparecer para defenderse. Además, sospechaban de una mujer por la supuesta causa de la muerte. El segundo interrogatorio pareció más duro; se le acusaba abiertamente de haber matado a la pareja de ancianos. Al parecer, un notario había ido a denunciar que la pareja recientemente había mostrado interés en cambiar el testamento en favor de la niña que custodiaba la sospechosa. Eso era un móvil muy válido: quedarse con los bienes de los Goñi aprovechándose de que los hijos estaban ausentes. María niega con vehemencia las acusaciones, desmontando el argumento más contundente que tienen contra ella, y es que si ella pretendiera quedarse con los bienes de los Goñi, debería haber esperado a que estos cambiaran el testamento y, sin embargo, habían muerto sin que el testamento hubiera cambiado.

En el tercer y último interrogatorio, los investigadores tratan de obtener una confesión; porque, si no, tienen que cerrar el caso. Le preguntan si tiene conocimientos de medicina o de plantas, cosa que ella niega. En ese interrogatorio, María apenas habla; le hacen explicar detalladamente qué hizo desde que se les vio por última vez vivos hasta que los encontraron muertos. Ella no tiene coartada; pasa todo el día acompañada por su sobrina, una niña de tres años, por lo que se considera que no tiene coartada.

A pesar de eso, necesitan una confesión porque la autopsia no determina que sea un homicidio, así que le hacen pasar la noche en los calabozos diciéndole que está detenida por asesinato y que si confiesa le rebajarán la pena. A la mañana siguiente continúan con el interrogatorio; María no confiesa, sigue negándolo todo. Al final, la ponen en libertad y cierran el caso.

Después de leerlo, estoy segura de que esta María Iturgoien es la María de la carta; eso quiere decir que no solo mató a Mattin, también mató a sus padres, pero eso no tiene sentido, me corregí a mí misma. Mattin no murió; apareció doce años después, pero ¿y si no era Mattin? Claro, ¿y por qué no iba a serlo? De una cosa estaba segura; si su hermano vivía cuando reapareció Mattin, sin duda, sería él; si no, el hermano habría reconocido que era un impostor. Pero, ¿y si Xabier nunca volvió de las Chilcas? ¿Y si para entonces ya estaba muerto? Entonces, el supuesto Mattin podría ser cualquier persona. Tendría que mirar si Xabier regresó de las Américas y cuándo murió.

15

María

Fueron días duros. La noche que pasé en el calabozo fue la peor noche de mi vida. Estaba segura de que Xabier me había denunciado e iría a la cárcel por asesina, pero yo no lo había hecho. Cada minuto que pasaba estaba más convencida de que Mattin los había matado, también de que era inútil decírselo a la policía. Desde el momento en el que lo hice, me habían tratado como sospechosa; había sido muy tonta haciéndolo, pero aprendí rápido.

Tras el primer interrogatorio, me costó conciliar el sueño pensando en que Mattin podía aparecer en cualquier momento y arrebatarme a mi pequeña. Dormía con un cuchillo debajo de la almohada por si aparecía; cada día tenía más ojeras y era consciente de que aquello no me hacía sino parecer más sospechosa aún ante los agentes e incluso ante algunos vecinos. No descansé tranquila hasta que recibí respuesta de mis tíos diciéndome que estarían encantados de acoger a Agate mientras yo ponía todo en orden y que estaban deseando que encontrara pronto un comprador. Ellos, por su parte, preguntarían si alguien tenía intención de vender alguna casa o alguna tierra donde yo pudiera hacerme una, aunque no entendían la necesidad que sentía de comprar una casa solo para mí y Agate, pudiendo estar con ellos en familia. Al día siguiente de recibir la carta, empaqué todas las cosas de Agate y emprendimos camino hacia Güesa sin avisar a nadie de nuestra partida. Yo, en aquel momento, no lo sabía, pero aquello iba a hacer que pasara a ser la principal sospechosa del asesinato de los Goñi. Todo el mundo pensó que había huido; incluso llegaron a decretar una orden de búsqueda y captura. Yo, por mi parte, ignoraba todo el revuelo que había causado mi partida y estaba tranquila, incluso aliviada por poner a mi niña a salvo. Estuve dos días en Güesa sin apenas salir de casa; dormía, comía, ayudaba a mi tía en las labores del hogar y, sobre todo, acomodaba a Agate en la que iba a ser su nueva casa. Trataba de explicarle que yo debía marcharme, pero que pronto volvería a estar con ella. Intentaba tranquilizarla diciéndole que la quería más que a nada en este mundo. Despedirme de ella fue lo más duro que hice en la vida; aun pensando que volvería a verla, aun sabiendo que aquella era la única manera de ponerla a salvo. Recuerdo su carita llena de lágrimas diciéndome: «Ama, no te vayas, no me dejes», y se me parte el corazón igual que aquel día. Hice todo el camino de vuelta llorando y, cuando volví, un puesto de guardia me detuvo en Zubiri. Me llevaron al cuartelillo y me interrogaron por segunda vez; esta vez me acusaron de asesinar sin miramientos a los Goñi. Mis peores sospechas se hacían realidad; tal vez por eso esta vez yo estaba más tranquila que la primera. Era algo que ya esperaba o tal vez era la tranquilidad de saber que mi niña estaba a salvo. Sea como fuere, me sorprendió que me dejaran en libertad.

La casa sin Agate parecía vacía; ya no era un hogar, eran solo cuatro paredes. Cuatro paredes que necesitaba vender cuanto antes, pero que lamentablemente no iba a poder hacer hasta que se encontrara al asesino de Eder y Xabiera; de lo contrario, el simple hecho de poner la casa a la venta me haría parecer sospechosa.

Sentía mucha rabia por haberme tenido que separar de mi hija y más todavía por no poder poner mis asuntos en orden para lograr estar con ella cuanto antes. Temía no volver a verla; era una niña fuerte, de eso no cabía duda, pero el clima del valle de Salazar era duro y no todos los niños sobrevivían a la infancia para contarlo. Aunque tenía la certeza de que mi familia se desvivía por ella, aquello era seguro.

Sentía una tristeza serena, una sensación extraña; por un lado, la tranquilidad de saberla a salvo de Mattin y, por otro lado, la preocupación de no saber cómo estaría, cómo se sentiría. Solo quería abrazarla y decirle que todo iba a ir bien, pero nada podía hacer, no podía acelerar el tiempo. Dije a quien preguntó que había mandado a la niña a las Américas con sus padres; no estaba segura de si me creían o no, pero me daba igual. A aquellas alturas ya todo me daba igual; yo solo quería que el tiempo pasara rápido para poder estar con mi niña. Trataba de enterarme de los avances en el caso de los Goñi, para saber cuándo podría irme. Recogía el correo esperando respuesta de Xabier, pero cada día que pasaba estaba más convencida de que no la recibiría. Más allá de eso, hacía los quehaceres como un alma en pena y me hacía tisanas para dormir; solo quería dormir y no despertar hasta que no volviera a estar con Agate. Había pasado un mes de la muerte de los Goñi cuando Emilia me contó que la autopsia había concluido que la causa de la muerte era desconocida. Dicen que sus muertes son cosa de brujería.

Aquel domingo, don Fermín nos puso al día en misa; nos previno contra la brujería, nos instó a las mujeres a no usar hierbas que ofendían a Dios nuestro Señor y, sobre todo, a denunciar a cualquiera que las usara. Si los simples mortales no encontraban la causa de la muerte de los Goñi, Dios no tenía duda de que era obra del mismísimo demonio, ayudado por brujas que se escondían entre nosotros. El caos se desató; a la salida de misa, todo el mundo sospechaba de todo el mundo. Aquel domingo fueron arrancadas plantas de casi todos los huertos del pueblo y quemadas disimuladamente en el hogar de casa. Nadie quería ser acusado de brujería. Yo procedí a hacer lo mismo que todo el mundo: las arranqué de la huerta, no es que tuviera muchas; en su mayoría las cogía silvestres y las ponía a secar en el *saballau,* así que en casa tenía un poco de salvia para dolores menstruales y celidonia para hacer cataplasmas para las heridas. No estaba segura de que el laurel fuera considerado como hierba de brujas; a mí me gustaba el sabor, así como el del ajo. Eran muy sanos y ayudaban con diferentes dolencias, pero también se utilizaban como ingrediente culinario habitual. Empecé a dudar de qué sentido tenía todo aquello, así que puse a secar las hierbas que había cogido, machaqué las que tenía secas y las metí en unas latas que guardaba para las galletas. Bajé al colmado y compré harina y cacao; era un gasto tremendo, pero aquello me hacía sentir más cerca de Agate. Le había hecho galletas de chocolate como regalo para su cumpleaños y, cuando las terminó, estuvo semanas pidiéndome más, así que no pude evitar hacerle unas galletas en aquel momento en el que se me partía el alma pensando en ella. Lo envolví todo en papel, lo anudé con unas cuerdas y lo mandé en el autobús de línea a Salazar. Adjunté una carta explicando a mis tíos la situación en el pueblo, por qué enviaba las galletas y aquellas hierbas que me daba pena que se echaran a perder y que, de alguna manera, podían servir de ayuda para la manutención de Agate. Les pedí también que le dieran las galletas a Agate y que le explicaran que la echaba mucho de menos y que me moría de ganas de volver a estar con ella.

Poco después me llevaron al cuartelillo por tercera y última vez; esta vez no lo esperaba. Pensé que habían interceptado el paquete que había enviado a Güesa, lo habían abierto, visto todas las plantas y, automáticamente, habían pensado que yo era una bruja y ahora estarían de camino para comprobar a quién se lo enviaba y detenerlos también. Verían a Agate y la traerían, y solo Dios sabía qué harían con ella. Pensé que mi estupidez había puesto en peligro a toda mi familia y me sentía terriblemente culpable por ello; apenas fui capaz de decir nada en todo el interrogatorio, no tenía fuerza ni para defenderme. Cuando me sacaron de la sala de interrogatorio y me metieron en aquel calabozo oscuro, supe que aquello era el principio del fin. A la mañana siguiente no fue mejor: volvieron a interrogarme, a hacerme una y otra vez las mismas preguntas y yo seguía sin saber cómo defenderme, cómo explicarles que yo no había hecho nada. Yo apreciaba a los Goñi de verdad, les había cogido mucho cariño en muy poco tiempo y sus muertes me dolían enormemente; el pensar que pudieran acusarme de ser yo la causante me partía el alma, pero había tantas cosas que me partían el alma en aquel momento que casi no podía ni identificarlas; me limitaba a contestar a lo que me preguntaban.

Me sorprendió que me dejaran ir; al principio pensé que se trataría de alguna broma cruel, pero cuando llegué a casa deduje que lo habían hecho porque no habían encontrado nada. La casa estaba patas arriba, habían sacado incluso la lana del colchón, mi costurero estaba tirado por el suelo, todos los alfileres desperdigados sobre las tablas del piso, las telas revueltas, las lanas que utilizaba para hilar enredadas y sucias, todos los cajones volcados, los armarios abiertos con todo su contenido desparramado; no se podía dar un paso sin pisar algo. Tardé semanas en adecentar la casa; cada vez que me movía me dolía un costado, me daban tales pinchazos que apenas me dejaban respirar. Esta vez los guardias me habían pegado con más desesperación que la anterior, tenía la cara hinchada y las piernas apenas me sostenían. La gente me señalaba con el dedo; quien no lo hacía por bruja, lo hacía por asesina. Todos me rehuían, incluso Emilia me dio la espalda. En aquellas condiciones no podía ir hasta Zubiri a vender nada y la gente del pueblo dejó de encargarme que les hiciera ropa. Me consolaba pensando que pronto me iría de allí y empezaría una nueva vida junto a mi pequeña.

16

Amaiur

Regresaba al punto de partida, volvía a intentar encontrar a Xabier y seguía sin saber por dónde empezar. En su día busqué los casamientos y no apareció; también miré las actas bautismales, pero no se me ocurrió mirar las defunciones. La cita en el Archivo Diocesano tenía que estar al caer; hacía mes y medio que la había pedido. Mientras tanto, tendría que ingeniármelas como pudiera. Después de días encerrada en casa transcribiendo todo el acta judicial de las muertes de Eder y Xabiera, me vendría bien desconectar un poco, así que llamé a Ane para ir a tomar algo antes de mi clase de Pilates. Había faltado varios días por estar inmersa en mi investigación y no me había dado ni cuenta, pero mi cuerpo empezaba a verse resentido; necesitaba aquellas clases como método de supervivencia. Eran las cuatro y media de la tarde cuando Ane llamó a mi puerta; quería empezar a jugar a baloncesto y se presentó armada con un balón.

—Vas a tener que ganarte la copa o el café.

—¿Pero qué mosca te ha picado con el baloncesto? ¿No será por algún chico?

—Lo cierto es que los jugadores están bastante buenorros, pero no; es que me apetece hacer algún deporte y el baloncesto me parece entretenido. No tienes que correr tanto como en el fútbol y puedes entrenar tiros sola; no necesitas a nadie que te haga de portera.

—Entonces, ¿por qué me haces jugar a mí?

—Porque es divertido —me dijo con voz maternal.

Quince minutos después estábamos en las canchas de baloncesto; lo cierto es que sí que era divertido, aunque cansaba mucho. Cuando ya estábamos sudadas y agotadas, por fin cedió y consintió que fuéramos a tomar un café. Entramos en la cafetería vegana que habían abierto hacía poco y pedimos unos bollos de chocolate y dos infusiones; necesitábamos recuperar todo lo perdido.

Ya más tranquilas, nos pusimos al día. Ella me contó que estaba conociendo mucha gente con su nuevo equipo de baloncesto; eran aficionadas y no competían, pero se lo pasaban en grande. Yo le conté mis avances con la investigación; todas mis amigas tenían el don de darme las claves siempre, como si fuera lo más normal del mundo, y Ane no defraudó. Allí, en aquella cafetería, con la boca llena de bollo, me dijo:

—Si las muertes fueron tan extrañas, igual las publicaron en algún periódico.

Y así, con aquella sencillez, me dejó con la boca abierta; no se me había ocurrido que podía revisar los diarios de la hemeroteca. Sin saberlo, Ane me había dado una nueva línea por la que poder seguir mientras esperaba la cita del Archivo Diocesano. Era difícil que encontrara algo en él; las defunciones se anotaban en el lugar en el que se moría y, si Xabier no volvió a Eugi, sería imposible encontrarlo. Pero si los diarios habían dado la noticia, puede que alguno de ellos, en plan sensacionalista, diera algún dato más. Si no, tendría que encontrar algún Archivo Diocesano de Las Chilcas o, más bien, cruzar los dedos para que tuvieran los archivos digitalizados y yo pudiera acceder desde aquí a ellos. Nos despedimos en la puerta de mi casa; subí, me cambié de ropa y me fui derecha a clase de Pilates. No pude concentrarme dándole vueltas a todas las posibilidades que me abría este nuevo camino.

Al día siguiente, salí de trabajar y, tras la comida y la siesta de rutina, me fui derecha a la biblioteca pública donde estaba situada la única hemeroteca que conocía.

Me senté frente a un ordenador y empecé a revisar diarios. Supuse que, de encontrar algo, el más probable sería el *Eco de Navarra*, puesto que era el diario más consolidado de la época, pero aquello era como buscar una aguja en un pajar. Empecé por los del día de la muerte de los Goñi; nada. Revisé todas las noticias de aquella semana y ni una hacía alusión a algo ocurrido en Eugi. Continué mirando día tras día; llevaba dos meses revisando cuando vino un señor a avisar que cerraban. Siempre me ocurría lo mismo, tenía que armarme de paciencia. Toda la ilusión que sentía por encontrar un nuevo camino se fue desvaneciendo conforme fueron pasando las horas y ahora me sentía decepcionada. Volví a casa caminando con la cabeza gacha y apenas me enteré cuando un coche me pitó al cruzar un paso de peatones.

—¡¿Quieres que te atropelle o qué?! —gritó una voz desde el interior del vehículo.

Me disculpé sin mirar y continúe hacia adelante. Cuando el coche se detuvo delante de mí, por un momento me asusté, pero entonces vi a Aitor sacar la cabeza a través de la ventanilla.

—¿Qué pasa, Amaiur? ¿No me reconoces o qué?

Aitor era mi monitor de Pilates y al verlo por primera vez fuera de la clase me costó un poco ubicarlo.

—¡Aitor! ¡Qué susto! Iba pensando en mis cosas, me he asustado y todo cuando he visto que parabas, no te había reconocido.

—Ya he visto ya. ¿Vas a apuntarte a la cena de fin de trimestre? Hay que reservar cuanto antes.

—¿Qué cena?

—¿No lees los mensajes del grupo?

—Si te refieres a un grupo de WhatsApp, lo siento, pero no uso eso.

—Y entonces, ¿qué usas?

—Las llamadas o el *email*, no tengo redes sociales.

—Haces bien. Total, nos mantienen todo el día pendientes del teléfono. Y al final estamos controlados, saben todas nuestras vidas, nuestros gustos y aficiones. No puedes tener una conversación sin que te empiecen a salir anuncios de lo que has hablado. Pero en fin, te cuento, se está organizando una cena para dentro de dos fines de semana; sería el sábado dieciséis a las nueve, en la nueva cervecería que han abierto. De momento han confirmado asistencia casi todos, solo faltáis por decir algo tú, Arantza y Maider.

—¿Tienen opción vegana? Es que yo soy vegana y si no voy a poder cenar, no iré, aunque puedo unirme a las copas.

—Pues no lo sé, la verdad. Lo pregunto y mañana en clase te digo. Aunque estoy seguro de que algo podrán apañar si no cambiamos de sitio. Algo haremos, tranquila. ˙

Nos despedimos y, por un momento, dejé de pensar en lo que tenía que mirar en la hemeroteca al día siguiente para pensar en la cena del grupo de Pilates. Era gente maja, pero no sabía muy bien si me apetecía salir a cenar. Estaba demasiado entretenida con mi investigación como para pensar en cenas, alcohol y resacas. Ya había tenido suficiente la última vez que salí con Leire. Además, estas cenas implicaban tener que contestar a mil preguntas sobre por qué era vegana, aguantar mil bromas de gente que se cree graciosa, escuchar los típicos comentarios sobre lo rica que está la carne y, sobre todo, siempre había alguien que intentaba convencerte de los beneficios de comer carne y lo perjudicial que es lo contrario. Por no mencionar mi animadversión a estar con gente. Amaba la soledad, mis momentos de paz. No es que fuera una antisocial radical, me gustaba estar con mis amigas y lo pasaba bien en las clases de Pilates, pero de ahí a pasar más tiempo del estrictamente necesario con personas que no eran de mi círculo social, había un trecho. Así que, desde luego, que si no tenían opción vegana, sería la excusa perfecta para no ir, y en caso de que propusieran otro sitio, me negaría rotundamente.

Así, sumida en mis pensamientos, llegué a casa. Decidí no posponer más mi charla con Lur. No sabía exactamente dónde vivía ahora, había cambiado tantas veces de domicilio que le había perdido la pista. Así que la llamé por teléfono, esta vez también trató de quedar al día siguiente, pero insistí. Me puse tan seria que al final la convencí de que viniera a casa. Las pintas que traía eran las habituales; se notaba que había estado consumiendo. Dudaba de que fuera a enterarse de lo que iba a decirle, pero aun así lo hice. Nos sentamos en el sofá y empecé a explicarle lo que había dicho la asistenta. Primero teníamos que declarar muerta a la ama para después hacer el resto de papeleos y así cobrar la herencia completa. La reacción de Lur no me la esperaba; estuvo callada todo el tiempo hasta que terminé. Entonces empezó a acusarme de ser una mentirosa y una manipuladora, de estar retrasándolo todo a posta para quedarme con todo, que habíamos quedado en ir juntas y, en definitiva, que no me creía. Le dije que fuera ella misma a hablar a ver qué le decían, a mí no me importaba esperar. Aproveché para hablarle de las posibilidades de desintoxicación; aquello solo la enfadó más. Me dijo que no volviera a hablarle en la vida y salió dando un portazo.

Salí al balcón y la vi agarrarse a un tipo con tan malas pintas como ella. Se fueron alejando a trompicones; yo les seguí con la mirada hasta que desaparecieron en la curva. Le agradecí que no lo hubiera subido a casa; hubo una temporada en la que cada vez que nos veíamos venía acompañada con algún amiguito o amiguita y era imposible tener una conversación con ella. La mitad de las veces contestaban los acompañantes y la otra mitad, al estar acompañada, se crecía y se hacía la guay metiéndose conmigo sin sentido. Un día me harté y le prohibí volver acompañada. Me sorprendía que cumpliera con aquella orden, pero lo cierto es que nunca volvió a traer a nadie a nuestras quedadas.

Entré en casa, cerré la puerta del balcón y no pude evitar echarme a llorar. Me dolía todo, me dolía verla así de mal, me dolía no saber cómo ayudarla, me dolía que me acusara de quererla engañarla, de que no fuera capaz de ver la realidad. Me dolía tanto que lloré hasta quedarme dormida.

El día siguiente fue según lo previsto. Una vez en la hemeroteca, me decidí a revisar los números del *Pensamiento Navarro*. Al parecer, era un diario que apenas tenía unos meses de vida cuando murieron los Goñi, pero por algún lado tenía que empezar. Tras tres horas leyendo titulares de noticias de hacía más de cien años sin encontrar tampoco resultados ese día, recogí mis cosas y me fui directa a mi clase de Pilates. Esperaba que nos mandara ejercicios como el *teaser* o el *tiger;* necesitaba estirar las lumbares que ese día me dolían especialmente.

Al finalizar, como era de esperar, empezaron a hablar de la cena. Aitor sacó el tema y dijo que no había opción vegana y que lo habían hablado en el grupo y todo el mundo estaba de acuerdo en cambiar de lugar. Les dije que no hacía falta que hicieran eso, que no pasaba nada, que a la siguiente iría. Esta vez ya tenían el sitio elegido y no me parecía bien que lo cambiaran solo por mí, pero ellas insistieron. No solo Aitor, sino también varias compañeras de clase, y al final no me quedó más remedio que ceder. El día no estaba saliendo como yo quería, de hecho, nada había salido como yo esperaba. Cuando volví a casa, solo tenía ganas de meterme bajo las sábanas y dormir hasta el día siguiente, pero en lugar de eso, me di una ducha y me preparé la cena. Como era de esperar, también aquello salió mal; se me pegaron los fideos de la sopa unos a otros. Ni siquiera sabía que aquello pudiera ocurrir. Cuando estaba a punto de meterme en la cama, sonó el teléfono. Miré la pantalla; era Mattin. En vista de cómo iba el día, dudé si cogerle el teléfono, pero lo cierto era que su llamada me intrigaba y me reproché a mí misma por creer en negros presagios. Así que contesté, pero justo en ese momento se cortó la llamada. Le devolví la llamada de inmediato, pero el teléfono no dio señal. No sabía si reír o si llorar, así que puse el teléfono en silencio y me eché a dormir.

17

Amaiur

Había pasado una semana entera. No había vuelto a tener noticias de Mattin ni de Lur, ni había hecho ningún progreso en la hemeroteca. Empezaba a desesperar y a creer que aquello era inútil. Ya había revisado *La Lealtad Navarra*, *La Avalancha* y había empezado a repasar *El Liberal Navarro* hasta que caí en la cuenta de que ese diario lo habían cerrado casi un año antes de la fecha que buscaba. Ya solo me quedaba el *Arga*; si este no tenía nada, habría estado perdiendo el tiempo. Llevaba un mes de diarios revisados cuando sentí vibrar mi teléfono dentro del bolso. Me apresuré a cogerlo; era Mattin. Salí de la sala y contesté en voz baja. Le dije que en un rato lo llamaba yo, que en ese momento no podía hablar.

Seguí revisando noticias, pero no podía concentrarme, así que recogí mis cosas y salí a la calle. El aire fresco me vendría bien. Cogí el teléfono y marqué el número de Mattin.

—Hombre, ministra, ¿qué tal te va la vida? —fue lo primero que dijo nada más descolgar.

—Habló el consejero de Asuntos Exteriores —le contesté con tono grave.

Su respuesta fue una carcajada.

—Te llamé la semana pasada porque mi abuela me lo pidió. Me dijo algo sobre que había encontrado una vieja foto en la que aparecía la familia esa sobre la que estás investigando; igual podría interesarte.

Se me aceleró el corazón nada más escuchar esa frase, tuve que reprimir las ganas de decirle «ven a recogerme y vámonos ya», pero conseguí medirme lo suficiente.

—¡Claro que me interesa! —contesté con el tono más moderado que fui capaz de poner.

Le di las gracias y quedamos para volver a Güesa el domingo. Con los nervios, me olvidé de volver a entrar a la hemeroteca. ¡Iba a conocer sus caras! ¡Eso no lo habría imaginado ni en cien años! ¡Me sentía como si me hubiera tocado la lotería! Comencé a andar y caí en la cuenta de por qué estaba allí y de que todavía me faltaba terminar de revisar los diarios del Arga. Dudé por un momento si volver a entrar a la hemeroteca o no; sentía una emoción tremenda y, con esa sensación, me encaminé hacia casa. Me giré para mirar la biblioteca y me sorprendió ver al tipo con el que se había marchado Lur. Estaba allí en la puerta, parecía completamente fuera de lugar, pero sin duda era él. Llevaba la misma ropa que el día que lo vi; ahora que lo tenía más cerca, pude observarlo mejor: alto, delgado, pelo corto y negro, y ojos oscuros. Llevaba una barba mal cortada que tapaba una piel prematuramente agrietada. Me miró, pero no me dijo nada. Recordé entonces a mi hermana y la emoción que sentía se desinfló de golpe. Seguía sintiendo una mezcla de vacío y angustia por todo lo pasado con Lur, aunque prefería no pensar en ello.

La noche del sábado al domingo apenas pegué ojo. Me levanté a las cinco como si fuera a ir a trabajar, hice algunos ejercicios de Pilates caseros, me di una ducha y desayuné en abundancia.

Para las nueve de la mañana, estaba en el *parking* de las piscinas de Aranzadi tal y como habíamos quedado. Mattin llegó con cara de sueño; yo, en cambio, estaba totalmente espabilada porque ya llevaba unas horas danzando. Sabía que mi impaciencia me pasaría factura más tarde, pero eso sería más tarde; por ahora iba a disfrutar del momento. No podía esperar a ver sus caras; no es que me resolvieran nada, pero sí que le daban otra dosis más de realidad a la historia.

Águeda nos recibió en la puerta de casa como la primera vez. Nos dio un abrazo y nos hizo pasar. Un momento después, estábamos en la cocina con sendas tazas de café en las manos y un plato con unas tostadas con aceite y azúcar delante.

—Comed, comed, que si no luego diréis que os habéis ido con hambre.

—Gracias, Águeda. De verdad que no hacía falta, aunque todo está buenísimo.

—Sí, el café es de puchero; la gente ya no lo hace así. Con esas máquinas modernas se están perdiendo los sabores tradicionales. Mi madre solía echarle achicoria, el café era demasiado caro y la achicoria, además de darle sabor, ayudaba a estirar los granos de café. Era un trabajo prepararlo; había que moler los granos en el molinillo y después lo mezclábamos con la achicoria, pero aquello no nos importaba, lo hacíamos con gusto. Y el pan con aceite y azúcar es lo que comíamos aquellos que no teníamos para chocolates, pero a mí me ha gustado más toda la vida esto que los bollos.

—No me extraña, está increíble. Nunca lo había probado, la verdad, pero el aroma a humo de la tostada, junto con el aceite y el azúcar, parece de gourmet.

—Sí, lo hago como se ha hecho toda la vida; lo pongo directamente en la llama de leña, por eso tiene el aroma a humo.

Se notaba que ese día Águeda estaba más habladora incluso que el primer día. Yo estaba impaciente por ver la foto, pero no quería ser maleducada, así que esperé pacientemente a que ella sacara el tema. Además, era muy interesante hablar con aquella mujer de mirada viva y porte elegante; retrataba una sociedad y una época no tan lejana, pero tremendamente diferente a la de hoy.

Después de que hubiéramos desayunado todo, recogido lo manchado y lavado las manos, que habían quedado pringosas de la mezcla de aceite y azúcar, por fin dijo:

—Supongo que querrás ver la foto. Para eso has venido hasta aquí, ¿no?

Me ruboricé en el acto; no lo dijo en mal tono, pero me sentí como una desalmada que se movía motivada por las cosas en vez de por las personas. Fue un pensamiento fugaz, porque al levantar la cabeza vi su sonrisa reflejada en el rostro y olvidé de inmediato aquel sentimiento.

—Sí, bueno. Para ver la foto y para verla a usted —contesté sintiéndome una absoluta hipócrita.

Águeda salió de la cocina y volvió al poco con un viejo álbum de fotos de desgastadas tapas marrones. Lo puso sobre la mesa, se acomodó en una silla y lo abrió por la primera página. Las fotos eran todas en blanco y negro; en ellas aparecían grupos de hombres sonrientes, alguna pareja sonriendo mientras un niño con cara seria miraba fijamente al objetivo, calles llenas de nieve mientras hombres de rostro difuso se afanaban en retirarla. Era como viajar al pasado; reconocí algún lugar de

Güesa, pero en su mayoría no supe identificar los sitios. Águeda pasaba las páginas despacio, deteniéndose en cada foto. A mitad del álbum exclamó:

—¡Pues no va a ser este el álbum! No quisiera yo perder la cabeza, eso lo último.

—No exageres, abuela, que a todos nos pasa lo mismo con los álbumes de fotos; siempre sacamos el que no es.

Águeda volvió a salir de la cocina y, tras varios minutos, volvió con un álbum exactamente igual que el que todavía reposaba sobre la mesa. Pensé que no era de extrañar que se hubiera equivocado de álbum; lo extraño hubiera sido que hubiera sacado el bueno a la primera. Esta vez lo abrió y empezó a pasar las páginas más rápido, sin darnos tiempo a ver las fotos con atención. Se veía que las imágenes no eran de tanta calidad; también eran en blanco y negro, pero las fotos estaban más difuminadas que las anteriores.

Por fin paró de pasar páginas y, señalando una foto, dijo:

—¡Esta es!

En la fotografía aparecían cuatro personas con rostro serio. Una mujer rolliza sentada junto a un hombre con boina y dos jóvenes de pie tras ellos. Los jóvenes vestían camisas y chaquetas; se les veía elegantes. La mujer, en cambio, llevaba una mandarra de cocina como si hubiera estado trabajando y la hubieran llamado para la foto. El hombre, por su parte, no sabría definir si había estado trabajando o no; llevaba una camisa blanca, unos pantalones oscuros y lo que parecían unas alpargatas en los pies. De fondo se observaba una fachada de piedra y la puerta de una casa abierta, aunque el interior era totalmente oscuro y no se distinguía nada.

Sus miradas denotaban gravedad, como si aquello fuera un momento importante, y supongo que lo sería; no todo el mundo podía permitirse hacerse una fotografía en aquella época. Le pregunté si podía hacerle una foto a la imagen.

—Claro, sácala de ahí para que se vea mejor.

Hice lo que me decía, sintiendo que estaba profanando algo sagrado. Aparte el plástico con cuidado; estaba pegado a una especie de pegamento que tenían las hojas del álbum. Águeda arrancó la foto de su lugar y la puso sobre la mesa.

—Aquí saldrá mejor —me dijo.

Por un momento, casi se me para el corazón; creí que iba a romperse, pero al contrario de lo que pensaba, la fotografía era fuerte, parecía más cartón que papel.

Le saqué varias fotos desde diferentes ángulos; en algunas salía la fotografía completa, en otras enfocaba para que solo apareciera una de las personas y repetía la operación hasta completar la familia. Las saqué de cuerpo entero y de cara, como si fueran fotos de carné. Tomé la fotografía en mis manos y le di la vuelta para inspeccionarla; detrás tenía apuntada una fecha a lápiz: 17 de abril de 1894. Hice una cuenta rápida: Xabier tendría 15 años y Mattin 19; parecían mayores. La foto se había tomado un año antes de la desaparición de Mattin. Saqué una foto también a la parte trasera de la fotografía para recordar la fecha exacta en la que se había tomado. Estaba tan centrada en la imagen y en mis pensamientos que no me di cuenta de que Mattin y Águeda estaban pasando las hojas del álbum de fotos.

—Este era mi padre, Manex, tu bisabuelo —le decía—. Era un hombre serio, parco en palabras, pero muy cariñoso. Hablabas y parecía que no te escuchaba y, cuando menos lo esperabas, aparecía en casa con esos caramelos que habías dicho que te gustaría poder probar; él demostraba el amor a su manera. Se mataba trabajando en el campo de sol a sol todos los días.

—Mira, esta foto está hecha en la plaza frente a la iglesia —dijo Águeda.

—Qué cambiada está. Si no lo dices, no la habría reconocido nunca. ¿Y esta otra dónde está tomada?

—No lo sé, la verdad, puede que sea en Eugi. Mi madre decía que esta era su abuela, que no la llegó a conocer, pero que le habían puesto el nombre por ella.

Al escuchar la palabra Eugi, presté más atención a la fotografía; en ella se veía a una mujer joven sonriendo a la cámara en lo que parecía una calle con suelo de piedras y casas a los lados. Llevaba el pelo recogido en un moño alto, pero le caía un mechón rizado de un lado. Estuve tentada de sacarle una foto también, pero me contuve; me conmovía pensar que por aquella misma calle que yo estaba viendo ahora habían paseado los Goñi hacía más de cien años atrás. Después de estar un rato viendo aquellas fotos, Águeda propuso salir a tomar algo, aprovechando que estaría abierto el bar, así que allá nos fuimos. Me dio la impresión de que, más que tomar algo, lo que quería era presumir de nieto; lo cierto es que se los veía felices, así que les hice un par de fotos sin que se dieran cuenta. Esperaba que no se lo tomaran a mal; después se las mandaría por *email* a Mattin, pero el momento me parecía tan entrañable que no había podido evitarlo, igual era solo que estaba sensible después de ver tantas fotos antiguas.

Comimos en casa de Águeda una sopa de ajo y nos echamos la siesta como la vez anterior. Cuando desperté, me extrañó no escuchar ningún sonido; supuse que dormirían. Me levanté con sigilo y fui recorriendo el pasillo; las puertas estaban abiertas, salvo la de la cocina. Entré en ella; estaba sola en casa. Miré el reloj; eran las seis y media de la tarde, había dormido más de dos horas. ¡Qué vergüenza! Sabía yo que el madrugar tanto iba a pasarme factura. Me senté en una silla sin saber bien qué hacer. Por suerte, en ese momento escuché voces en el piso de abajo; un minuto después, Águeda y Mattin entraban en la cocina.

—Hombre, Amaiur. ¡Ya te has despertado! Espero que no te hayamos molestado mucho; hemos intentado no meter ruido —me dijo Águeda.

—No, para nada. No me he enterado de nada, pero qué vergüenza no haberme despertado antes.

—Bobadas. Ya me ha dicho mi nieto que madrugas mucho; necesitas descansar.

Fulminé a Mattin con la mirada, pero no dije nada. Águeda seguía hablando.

—Hemos estado en el cementerio. Ya sabes, chica, haciendo la visita, que es lo único que podemos hacer.

Estuvimos hablando un rato más allí en la cocina; Águeda se empeñó en que comiéramos unas tejas antes de irnos. Eran casi las ocho cuando salíamos de Güesa rumbo a casa.

Mattin me dejó en la rotonda junto a los ascensores de la Rochapea, subí en ascensor hasta mi calle; eran las nueve de la noche y ya no había apenas gente en la calle. Entonces volví a verlo: el amigo de mi hermana estaba fumando un cigarro en la puerta del bar de debajo de mi casa. Eché un vistazo rápido; no había rastro de mi hermana. Me dio mala espina, aceleré el paso y entré en el portal tan rápido como pude y me aseguré de que la puerta quedaba bien cerrada. Después me sentí ridícula; al fin y al cabo, Pamplona no era tan grande. No sabía si el tipo era un cliente habitual del bar; nunca me habría fijado en su presencia si no fuera porque lo había visto con mi hermana. Además, el chico no había hecho ni mirarme.

18

Amaiur

La tarde del lunes la dediqué a comprarme un corcho y colgarlo en la pared. También imprimí las fotografías de los Goñi e hice copia de la carta. Lo puse todo en el corcho y fui anotando en pósits las fechas y los sucesos relevantes; cada vez tenía más y necesitaba visualizarlo todo de forma global. Cuando hube terminado, lo miré; me sentí orgullosa de mi pedacito de investigación.

Me dolía todo lo que estaba pasando con Lur, pero era mi hermana, era la única familia que tenía. Intenté hablar con ella un par de veces, pero su teléfono no daba señal.

A última hora llamé a Mattin para pedirle su dirección de *email*; se sorprendió, pero me la dio sin preguntar siquiera para qué la quería, así que tampoco se lo dije. Sería una sorpresa y ya me diría qué le parecía. La verdad era que no estaba segura de que no le enfadara que les hubiera sacado fotos a escondidas, y si tenía una mala reacción prefería que fuera por *email*.

Me contestó al *email* tan solo un minuto después de mandarle las fotografías; al parecer, no solo no se enfadaba, sino que le encantaban y me daba las gracias. Intercambiamos varios *emails* más comentando el día que habíamos pasado, hasta que ya no pude aguantar más el sueño y me eché a dormir.

Desde ese momento hablamos todas las noches por *email*. También todas las noches traté de hablar con Lur, pero su teléfono seguía sin dar señal alguna y empezaba a preocuparme. Así pasó la semana y llegó el sábado; no me apetecía nada mi cena de pilates, pero no me quedaba más remedio que ir. A veces envidiaba a la gente a la que le gustaba estar con otras personas; yo era incapaz de hacerlo sin agobiarme. Me arreglé lo que pude, puse mi mejor sonrisa y me presenté en la puerta del restaurante. Contra todo pronóstico, me lo pasé genial; resultó que mis compañeras de clase eran más graciosas de lo que creía. Me pasé toda la noche riéndome a carcajadas; eran las seis de la mañana cuando decidí retirarme a casa. Un escalofrío recorrió mi cuerpo al ver al amigo de Lur en la puerta del bar de debajo de mi casa, pero enseguida me lo quité de la mente y subí a casa sin darle más vueltas. Pasé el domingo entero dormitando. A la noche encendí el teléfono; tenía cuatro *emails* de Mattin. En el primero me daba ánimos para la cena; en el siguiente me preguntaba si necesitaba que viniera a rescatarme; en el siguiente me preguntaba si estaba bien; y en el cuarto se disculpaba por los *emails* anteriores. También tenía dos llamadas perdidas suyas.

De quien no había ni rastro era de Lur; traté de llamarla nuevamente y me maldije por preocuparme. Seguramente habría vuelto a cambiar de número de teléfono; cuando volviera a ver a su amigo se lo pediría. Al parecer, era un asiduo del bar de abajo y entonces recordé que lo había visto la noche anterior y caí en la cuenta de que, dada la hora que era, el bar debía estar cerrado, pero si estaba cerrado, ¿qué hacía él en la puerta? Me volví a reprender una vez más por sospechar de todo y de todos. Pulsé el icono responder y le escribí un escueto mensaje diciéndole que estaba bien, pero que había llegado a casa por la mañana y había dormido todo el día; que no se preocupara, que seguía viva.

Al rato me despertó su respuesta. No había puesto el teléfono en silencio; había vuelto a dormirme sin querer, pero su breve *email* me desperezó.

> *Tranquila, Amaiur. No estaba preocupado, solo impaciente por contarte algo que creo que te interesará. Mi abuela me llamó ayer y me dijo que habían estado en Güesa unos amigos de la familia de toda la vida y que, hablando con ellos de los chismorreos del pueblo, salió el tema de los Goñi y estos le dijeron que todos los Goñi habían muerto en poco tiempo, que ya no quedaba ni uno. Ya me contarás si te sirve de algo este dato.*

¿Todos habían muerto? ¿Xabier también? No podía ser; Mattin había reclamado la herencia muchos años más tarde. Tenía que haber un error; con el boca a boca era lo que ocurría, al igual que con el juego del teléfono estropeado, las noticias en general llegaban tergiversadas. Sentía la cabeza demasiado embotada como para poder pensar con claridad; me di una ducha, me tomé una manzanilla y volví a meterme en la cama.

19

María

Seguía intentando que Amaiur entendiera lo que había pasado, ojalá pudiera decirle que Xabier también murió, era importante que lo supiera, pero me era imposible comunicarme con ella. Era tremendamente injusto que me acusaran de algo que no había hecho.

Tras el último interrogatorio, estuve meses sin poder conciliar el sueño; la gente del pueblo continuaba distante conmigo, la única que me hablaba era Emilia. Al principio había dejado de hablarme como el resto del mundo, pero conforme fue pasando el tiempo fue acercándose poco a poco, al principio, eran solo saludos cuando nos cruzábamos, pero pasado el tiempo volvíamos a tener la misma relación de antes, para mí fue un alivio tener a alguien con quien poder desahogarme.

Mi niña seguía en Güesa, hacía meses ya, y yo no veía el momento de poder irme con ella. Todavía no había noticias del asesino de los Goñi, por lo que no sabía si era buena idea irme todavía. La última vez había acabado en el calabozo y no quería volver a pasar por eso.

La primavera estaba acabando, llegaba el verano; era el momento de poner la huerta. Tenía simientes de casi todo, pero el verano pasado, con la muerte de los Goñi y todo lo que vino después, se me habían echado a perder todos los pepinos y no pude sacarles las semillas, así que aproveché el viaje a Zubiri que hacía para vender mis trapos para comprar plantas. Acababa de pagar las plantas que había comprado cuando vi a uno de los guardias que me habían interrogado en el cuartelillo aquella última vez. Me puse pálida, se me cortó la respiración; por un momento pensé en echar a correr, pero estaba paralizada del terror que me suponía volver a ver a aquel hombre. El tipo avanzaba hacia mí, cada vez lo tenía más cerca y yo seguía allí, sin poder moverme. Mi mente salió de mi cuerpo y empecé a ver la escena como si fuera otra persona. Al final, cuando aquel guardia pasó por mi lado, se inclinó hacia mí y me dijo al oído:

—Te estamos vigilando.

Y se alejó. Yo seguí allí, quieta en medio del mercado un poco más; era incapaz de moverme siquiera, la angustia me atenazaba la garganta y los músculos no me respondían. Cuando por fin pude tomar otra vez control sobre mi cuerpo, recogí mis cosas y salí tan rápido como pude de vuelta a casa. Al llegar a Eugi, me sorprendió encontrar a todo el mundo alborotado. Mi antigua amiga Ximena se acercó a mí muy agitada, no paraba de repetir:

—¡Qué desgracia, qué desgracia!

Yo no entendía nada, pero me preocupé de inmediato; pensé en Agate, pero no podía ser ella.

—¿Qué ha pasado?

—Xabier Goñi, al parecer, había regresado a casa y ha aparecido muerto en la puerta del molino. A media mañana, Tasio pasaba por allí con las vacas cuando se lo ha encontrado tirado en el suelo. De primeras ha pensado que le habría dado un desmayo al ver su casa tan vacía; todavía estaba caliente, por eso ha pensado eso, pero enseguida se ha dado cuenta de que no respiraba. Ha salido corriendo y ha dado el aviso.

Se me heló el corazón, no solo porque el pequeño de los Goñi hubiera muerto, sino porque estaba segura de que ahora irían a por mí. Tuve que agarrarme a Ximena para no caer.

—Tranquila, María. Esta vez sabemos que no has sido tú —me dijo con voz calmada.

—¿Y por qué esta vez sí lo sabéis y la anterior no? —repliqué con rencor.

—Sencillo. Esta vez tú hacía horas que estabas en Zubiri cuando ha ocurrido. Don Fermín te ha visto esta mañana a primera hora en tu puesto del mercado.

Escuchar sus palabras fue como quitarse un peso de encima. ¿De verdad podía ser tan sencillo? ¿Bastaba con que me hubiera visto el párroco para quedar libre de sospecha? No estaba segura, pero traté de aferrarme a esa idea.

Nos despedimos en la plaza y yo me fui a casa a descansar; aunque fuera de mal gusto, aquella fue la primera noche que dormía del tirón en muchos meses. Pero a la mañana siguiente, un nuevo miedo me llenó de angustia nuevamente. Yo había dado la carta que me envió Xabier acusándome de asesinar a Mattin a Eder y Xabiera; no sabía si la habían guardado o no, pero si lo habían hecho y los guardias la encontraban, volvería a estar en el punto de mira e incluso pudiera ser que me acusaran de matar a Mattin. Pero, ¿qué podía hacer? ¿Colarme en casa de los Goñi? Si me pillaban allí, ya no habría vuelta atrás, me colgarían por asesina. ¿Y si encontraban la carta? ¿Qué pasaría entonces? Pasaron los días y yo seguía sin decidirme; todos los días me decía a mí misma que esa noche iría a por la carta, pero todas las noches me convencía de que, si no la habían encontrado la vez que murieron Eder y Xabiera, ahora tampoco tenían por qué hacerlo y de que era mejor dejarlo para otro momento.

Ningún guardia vino a interrogarme esta vez. El funeral lo sufragó su tío, como había hecho con el de sus padres, pero esta vez no hubo entierro; los forenses querían estudiar el cuerpo a fondo, no entendían qué era aquello que estaba matando a aquella familia. Así que, en contra de la voluntad de la familia, el cuerpo fue donado a la ciencia por no haber parientes de primer grado que se hicieran cargo de él.

20

Amaiur

Cuando sonó mi despertador a las cinco de la mañana, no pude abrir los ojos; a pesar de llevar todo el día anterior dormitando, estaba cansadísima. Retrasé la alarma diez minutos más y traté de animarme. Notaba una mala sensación, como si hubiera tenido alguna pesadilla, pero no recordaba nada. Esta vez ni siquiera sabía si había tenido algún mal sueño, pero la sensación era de angustia y de miedo. Seguía con el mismo malestar cuando volvió a sonar el despertador; esta vez encendí la luz y me incorporé. Tuve que sacar fuerzas para levantarme; desayuné café y chocolate. Contra todo pronóstico, me sentó bien y, por fin, pude funcionar con normalidad. El trabajo pasó sin darme cuenta. Llegué a casa dispuesta a hacerme algo en condiciones para comer cuando sonó el teléfono; era Leire.

—¿Cómo te trata la vida? Desde luego que últimamente tienes más compromisos que una ministra, estás desaparecida. Que sepas que de este fin de semana no pasa, ¡al final nos vamos a Zaragoza!

—Genial, sigo queriendo pasar por el hipermercado chino, tengo curiosidad por probar esos trozos de carne vegana picantes.

—Perfecto. ¿Te viene bien quedar mañana por la tarde? Así nos vemos las cuatro y nos ponemos al día.

—¡Por mí estupendo!

Colgamos el teléfono y me puse a hacer unos espaguetis con bechamel; la hacía con leche de avena y le echaba bien de ajo para contrarrestar el dulzor. Era receta mía y me encantaba. Seguía teniendo la cabeza bastante embotada; pensé en ir a la hemeroteca, pero al final decidí pasar la tarde en casa; total, no iba a enterarme de nada de lo que leyera. Volvió a sonar el teléfono, número desconocido. Cogí pensando que serían vendedores y me llevé una sorpresa: por fin me daban cita en el Archivo Diocesano, el jueves de nueve y media a una y media, lo que quería decir que tenía que volver a cambiar el turno. Ya tenía entretenimiento para la tarde: apuntar todo lo que quería mirar para que no se me pasara nada. No era fácil conseguir cita, así que había que aprovecharla.

Cuando al día siguiente me junté con Leire en el bar Itxaso, nos abrazamos como si lleváramos siglos sin vernos; solo habían pasado unas semanas, pero Leire tenía una sensibilidad especial. Me contó que se había apuntado a unas clases de dibujo; ella era fotógrafa, pero decía que lo que de verdad quería hacer era crear escenas. Había cosas que no se podían fotografiar simplemente porque no existían, pero sí que se podían pintar y eso era lo que quería hacer: crear un mundo de fantasía donde cada imagen te transportara a lugares maravillosos. Me pareció una idea muy romántica y no me cabía ninguna duda de que al final Leire terminaría siendo una gran artista.

Yo, por mi parte, le conté mis visitas a Güesa, la cena de Pilates y, sobre todo, la investigación que estaba llevando a cabo, cómo parecía estar dando un giro y cada vez se estaba complicando más. Le dije que Mattin me había dicho que toda la familia había fallecido en poco tiempo, aunque yo solo había encontrado a los padres; ni Mattin ni Xabier estaban enterrados en el cementerio de Eugi. Le dije que había estado en el camposanto con Irune y habíamos revisado todas las lápidas; por eso estaba tan segura, pero eso me dejaba sin saber dónde buscar.

—¿Has mirado en el periódico? Igual aparecen las esquelas —me preguntó.

—He buscado las muertes de los padres, he pasado horas en la hemeroteca y nada, pero lo cierto es que no he mirado ninguna esquela.

—Puede que con esto tengas más suerte; si yo fuera tú, lo intentaría, total, no pierdes nada por hacerlo.

Al llegar a casa, recogí las cartas del buzón que ya empezaban a sobresalir; no solía hacerles mucho caso porque, en su mayoría, siempre era propaganda, de vez en cuando alguna factura y poco o más bien nada más. Por eso me sorprendió ver aquella notificación de carta certificada no entregada; comprobé que los datos eran los míos y que no había llegado hasta mi buzón por error y, efectivamente, eran los míos. Me tocaría pasarme por correos para recogerla. Miré el resto de los papeles; no me equivocaba, propaganda y más propaganda que fue a la basura sin mirar.

A la noche me costó conciliar el sueño, así que, aunque no me gustara hacerlo, entré en internet. Recordaba que la vez que lo había intentado habían salido miles de resultados, así que esta vez tendría que ser más explícita. Había leído que si ponías entre comillas las palabras que buscabas, te salían resultados más concretos, así que escribí las palabras «Xabier Goñi» y al nombre completo le añadí unas comillas. Le di a buscar y enseguida la pantalla me mostró un sinfín de entradas. Me llamó la atención una en particular que decía: «Hallan el cuerpo sin vida del joven

Xabier Goñi en la localidad de Eugi». Intenté acceder, pero era un titular de una vieja edición del periódico *El Eco de Navarra*, no dejaba entrar en ella. No podía creer que hubiera sido tan sencillo; si hubiera encontrado esto el primer día, probablemente no hubiera comenzado la investigación.

Al día siguiente, tal y como salí de trabajar, me pasé por correos para recoger la carta certificada. Recogí el sobre y no pude esperar a llegar a casa para abrirlo; era del Juzgado de Paz de Pamplona, se trataba de una citación para comparecer en el juzgado. Eché unas cuentas rápidas, faltaban cinco días, hasta entonces no sabría de qué trataba el asunto. Por más que traté de estrujarme los sesos, no lograba imaginar ningún motivo por el cual el juzgado quisiera ponerse en contacto conmigo. La angustia volvió a apoderarse de mi cuerpo. ¿Y si Lur me había denunciado? Necesitaba hablar con ella urgentemente. Volví a marcar su número de teléfono, pero seguía apagado. Maldije su estilo de vida, sin lugar de residencia fijo; siempre andaba dando tumbos de un lado para otro, siempre con cosas raras, peleas con amigas, peleas con amigos y siempre la droga de por medio.

Comí rápido y a primera hora de la tarde me presenté en la biblioteca pública central. Subí hasta el segundo piso y entré en la hemeroteca. Busqué la edición de *El Eco de Navarra* en la que salía la noticia.

HALLAN EL CUERPO SIN VIDA DEL JOVEN XABIER GOÑI EN LA LOCALIDAD DE EUGI.

El pasado 17 de mayo fue hallado sin vida el cuerpo del joven Xabier Goñi Mariezkurrena, de 21 años de edad, en la localidad de Eugi. Su prematura muerte tiene conmocionada a la localidad, y es que la tragedia parece haberse cebado con esta familia, que con la muerte de Xabier desaparece.

El día 16 de abril del pasado año morían sus padres, Eder Goñi y Xabiera Mariezkurrena, en extrañas circunstancias; su hijo menor apenas les ha sobrevivido un año y pocos meses. La policía mantiene los detalles del caso en secreto, por lo que nos es imposible dar más información, pero fuentes cercanas a la familia aseguran que ambos fueron asesinados. Solo tres años antes había desaparecido el hermano mayor, Mattin, cuyo paradero hasta el día de hoy es desconocido.

Según cuenta un testigo de los hechos, el joven Xabier Goñi apareció el sábado pasado tirado en el suelo, como si estuviera dormido, en la puerta del molino que había sido su casa; se encontraba sin aparentes signos de violencia. Las fuentes policiales guardan silencio por el momento.

Hice una copia del artículo y salí de la biblioteca desanimada. Definitivamente, la historia no parecía tener un final feliz; no solo no era la historia de amor que había pensado el primer día, sino que estaba plagada de muertes extrañas. ¿Qué hacía Xabier allí cuando se suponía que estaba en las Américas? ¿Regresó a causa de la muerte de sus padres? Si fueron asesinados, es que alguien quería acabar con la familia, pero ¿quién querría hacer algo así? ¿Qué pasó con María? ¿Era ella la asesina? A pesar de que todo apuntaba a que sí, no sabía por qué, pero yo me negaba a creerlo. ¿Y qué pasó con el hermano desaparecido? ¿Qué fue de Mattin? ¿De verdad regresó, como decía la pequeña nota al margen en la denuncia de su desaparición? Cuántas preguntas sin respuesta; ya nunca se sabría.

Cogí el teléfono y llamé a mi amiga Leire, necesitaba desahogarme. Por muy absurdo que parezca, la historia me había tocado hondo.

—Bueno, si tienes tantas preguntas, ¿por qué no intentas darles respuesta?

—Yo buscaba una historia de amor para mostrar a unos hijos; esto es una historia de terror sin nadie a quien contársela.

—Cuéntamela a mí. De todas formas, ya sabías que ella podía ser la asesina del hermano mayor, ¿no? Incluso fue sospechosa de la muerte de los padres. ¿Qué ha cambiado al saber que Xabier también fue asesinado?

—No lo sé. Tenía la esperanza de que él se hubiera salvado, no sé por qué; igual porque inconscientemente quería que él y María hubieran acabado juntos y felices, tal y como creí cuando leí por primera vez la carta.

—Bueno, las historias no siempre acaban como queremos, pero tú estás recordando a unas personas a las que seguramente nadie recuerda ya, porque tal y como dijiste, toda la familia había desaparecido y eso me parece muy bonito.

Y así, sin más, la sensación de angustia que tenía en el pecho se pasó y en su lugar nació un reto: daría respuesta a todas mis preguntas y me demostraría a mí misma que podía hacerlo. Claro que, con la suerte que yo tenía, seguro que nunca llegaron a cerrar los casos y me quedaría sin saber qué pasó con ellos, pero eso no iba a impedir que lo intentara.

Necesitaba dos cosas. Una, averiguar si la María a la que interrogaron como sospechosa del asesinato de los Goñi era la misma María de la carta, por lo que también tendría que buscar su acta bautismal en el Archivo Diocesano y comparar su edad con la de Xabier. Si fueron pareja, tendrían más o menos la misma edad. ¿Y si nunca fueron pareja y la carta solo era una advertencia? De todos modos, la buscaría; de hecho, buscaría tanto nacimiento, como casamiento y defunción. Tal vez así encontrara algún sentido. Tras los meses de espera para la cita en el Archivo, que se me había hecho tan eterna, por lo menos esta vez sabía que lo que buscaba sí estaba allí: un acta bautismal que me daría la edad de la posible asesina de los Goñi. Y dos, tenía que revisar actas judiciales; sin duda, la del asesinato de Xabier la hallaría allí. Con un poco de suerte, su caso sí se habría resuelto y sabría si finalmente María era una asesina.

Al día siguiente, tal y como salí de trabajar, me acerqué hasta el Archivo Real y General de Navarra. Metí todos mis efectos personales en una taquilla y, armada con un lápiz y un folio en blanco, me acerqué a la mesa que me habían asignado y dejé mis cosas allí. Después fui hasta el mostrador y pedí a Sara las actas judiciales del año mil ochocientos noventa y nueve. Estaba revisando los casos cuando vi aparecer a Mattin; fue directo al mostrador y, tras pedir los documentos que necesitaba, se acercó a mí.

—¿Qué tal va tu trabajo de fin de carrera? —le pregunté.

Tal y como lo decía, me di cuenta de que nunca hablábamos de él; estaba tan centrada en mi investigación que nunca me paraba a pensar en su trabajo.

—Viento en popa —me contestó susurrando.

—Oye, ¿te apetece que cuando salgamos vayamos a tomar algo y me lo cuentas?

—¡De acuerdo! —me dijo alegre.

Se fue a su mesa y nos centramos cada uno en nuestros documentos. Me costó un rato, pero al fin encontré lo que buscaba. Esta acta judicial era bastante más corta que la de sus padres, tenía cincuenta y dos páginas. Pasé directamente a las últimas páginas; quería saber si habían detenido a alguien. No tuve suerte, no vi ningún documento en el que nombraran una detención. Claro que, como me costaba entender la letra, tampoco podía descartar que no hubiera pasado. Decidí empezar por el principio hasta que cerraran.

Cuando iban a cerrar, solicité una copia como de costumbre y esperé a Mattin en el pasillo, mientras ojeaba los paneles informativos de la exposición temporal que tenían en los corredores sobre la dinastía Arista, los primeros reyes de Navarra.

Mattin no tardó en aparecer; nos acercamos al mesón de Iruñerria y nos sentamos en una mesa al fondo. Me contó con entusiasmo sus avances sobre «El papel de la mujer en los valles pirenaicos en el siglo XVII»; cómo aquellas mujeres, si bien tenían una vida más dura debido a que la orografía las aislaba del resto del mundo, también tenían más libertad y eran más autosuficientes que las mujeres de la capital, debido a que, como los hombres, por lo general estaban todo el día en los campos, ellas eran las que tomaban las decisiones en todo lo referente a la casa, los hijos e incluso las distintas acciones del pueblo, como eran los trabajos de mantenimiento de los comunales. Incluso hasta el día de hoy había llegado algún baile tradicional que era bailado solo por mujeres, como era el caso de Jaurrieta, al contrario que la mayoría de los bailes tradicionales de otros lugares que eran bailados solo por hombres o en pareja.

Me pareció tremendamente interesante el tema y el tiempo se nos pasó volando. Pedimos varios *pintxos* mientras tomábamos unos refrescos, así que llegué a casa tarde y sin ganas de cenar. No me importó porque al día siguiente podría dormir un poco más, ya que tenía la cita en el Archivo Diocesano. El día anterior había revisado todo lo que tenía que buscar y solo tenía que añadir el nombre de María. En contrapartida, tendría que trabajar toda la tarde rodeada de gente a la que detestaba, pero ya tendría tiempo de quejarme de eso cuando llegara el momento.

21

María

Bueno, ya había encontrado a Xabier. Era cuestión de días que llegara a la conclusión de que yo era inocente; otra cosa bien distinta sería que llegara a conocer toda la verdad. Merecía saberla y yo merecía que la supiera, pero seguía sin conseguir comunicarme con ella.

Tras la muerte de Xabier, la gente del pueblo no sabía qué pensar, no sabían si era cosa de brujería, del mal que se había cebado con aquella familia, si era alguna enfermedad que padecían o si había un asesino entre los vecinos.

Todos evitábamos quedarnos solos por la calle. Por otro lado, la gente había comenzado a hablarme de nuevo y volvía a sentirme integrada en la vida del pueblo. Seguía echando de menos a Agate cada día y dudaba si era buena idea volver a traerla o si, por el contrario, mudarme a Güesa con ella.

Y de ese modo fue pasando el tiempo; tardé un año entero más en decidirme, pero, al final, volví a traer a Agate conmigo. La niña ya tenía cinco años y llevaba dos viviendo en Güesa; había pasado demasiado tiempo lejos de casa. Al principio le costó un poco volver a adaptarse; estaba feliz de estar en casa, pero echaba muchísimo de menos a sus tíos. No en vano llevaba la mitad de su vida con ellos. Me dolía verla así, pero poco a poco se le fue pasando y enseguida solo quedó la explosión de ilusión que le entraba cada vez que recibíamos carta de la familia.

Por otra parte, seguía sin saber cómo regularizar la situación de Agate; no estaba inscrita en el Registro, ni siquiera bautizada. Les confesé mis preocupaciones a mis tíos por si ellos podían asesorarme y el tema resultó ser más sencillo de lo que parecía a simple vista. Me dijeron que si no quería que se enteraran en el pueblo, podía ir al Registro Civil de la capital e inscribirla allí en Pamplona, o podría intentar registrarla en Güesa, que ellos pensaban que iba a ser lo más fácil y así solucionar el problema. El panorama político cada vez estaba más convulso y las instituciones apenas hacían caso de las pequeñeces como los registros. Eso sí, si me decidía por ir a la capital sería recomendable que fuera acompañada por un hombre; el partido conservador cada vez era más extremista y se oía que en ocasiones incluso exigía el acta bautismal para registrarla. En Güesa, su tío podría hablar con el secretario y explicarle que la niña había nacido y sido bautizada en ultrapuertos y que conseguir su documentación les iba a ser harto difícil, por lo que imploraban clemencia para que hiciera una excepción. Al final, el tío Pedro habló con el secretario y, debido a la confianza que se tenían, llegaron a un acuerdo: deberíamos pagar una leña al día durante un año y él registraría a la niña como hija de María y vecina de Güesa, aunque no lo fuera.

De ese modo, con los papeles en regla, logré apuntarla a la escuela y así, por fin, pude estar tranquila. No me preocupaba que no estuviera bautizada, pero si alguien se enteraba podría tener problemas, por lo que en algún momento debería hacerlo. En pocos años tendría que hacer la primera comunión y después vendría la confirmación como el resto de los niños de su edad. Así que fui a hablar con don Fermín, el párroco. No estaba segura de cómo abordar el tema, así que decidí contarle toda la verdad sobre el nacimiento de Agate en confesión. No le dije quién era el padre ni que este había intentado matarla, solo que era mía, que la había tenido a escondidas y que, por vergüenza, no la había inscrito ni bautizado, pero que había llegado el momento de regularizar la situación de la niña y necesitaba bautizarla. Como era natural, se escandalizó; me mandó tantos rezos de penitencia que me costó horas terminarlos, pero lo hice. Cuando terminé, se acercó a mí y me tocó un pecho; yo di un salto hacia atrás.

—No te asustes, no voy a hacerte daño. No es nada que no hayas hecho ya.

—Pero, padre, ¿se ha vuelto loco?

Él volvió a acercarse a mí y, agarrándome del brazo, trató de llevarme hacia la sacristía de la iglesia.

—Vamos, María, no te hagas la estrecha conmigo. Los dos sabemos que no lo eres.

Yo, asustada, no sabía qué hacer. Los ojos se me llenaron de lágrimas. Él tenía la cara desencajada y una mirada que no le había visto nunca; daba miedo.

—Por favor, suélteme, tengo que volver a casa.

Le imploré con la voz entrecortada. En aquel momento sonó el rechinar de la puerta de la iglesia y, un segundo después, apareció Emilia. Don Fermín me soltó de inmediato; yo corrí hacia Emilia.

El cura se acercó a nosotras con su rostro angelical de siempre y preguntó a Emilia qué la traía por allí a aquellas horas.

—Estaba preocupada por María; me ha dejado a Agate diciendo que venía a hablar con usted y tardaba tanto que me he preocupado.

—Tranquila, hija mía. María solo quiere bautizar a la pequeña Agate y hemos estado discutiendo los términos. Claro está que yo no puedo bautizar a una niña ya bautizada, por lo que tendré que solicitar a la parroquia de donde nació el acta bautismal y, Dios no lo quiera, pero en caso de que no exista, tendrían que ser los padres de la niña quienes vinieran a solicitarlo. Así que no es tan sencillo, porque, de no tener padres, sería el arzobispo quien tendría que autorizar su bautismo. Ya le he dicho a María que esas cosas llevan tiempo y sacrificio.

Lo miré estupefacta; ¡cómo podía tener la indecencia de mentir tan descaradamente! Él, por su parte, me echó una mirada de advertencia, como si me estuviera amenazando con solo mirarme. Yo seguía asustada, solo quería salir de allí.

—Es tarde —dije—. Será mejor que me vaya. Perdona, Emilia, por la tardanza.

Me di media vuelta y salí de la iglesia. Emilia salió detrás de mí.

—Espera, María —dijo mi vecina, acercándose a mí a paso ligero—. ¿Qué te ha pasado?

—Nada, tranquila —le dije—. Es solo lo que ha dicho don Fermín. Saber que no va a ser fácil poder bautizar a Agate me ha turbado, nada más.

Emilia no pareció muy convencida, pero no dijo nada. Volvimos las dos a casa en silencio; yo le agradecí internamente que no me hiciera ninguna pregunta más al respecto y nunca más volvió a sacar el tema.

Decidí no bautizar a Agate; que dijeran los vecinos lo que quisieran, que dejaran de hablarme o de comprarme. Si eso sucedía, empacaría todas nuestras pertenencias y esta vez nos iríamos las dos a Güesa con los tíos.

El domingo siguiente no fui a misa y al siguiente, tampoco. El tercer domingo tampoco tenía intención de ir, pero Emilia tocó a mi puerta diciendo que se había encontrado con don Fermín y le había dicho que estaba preocupado por mí, por si estaba enferma. Si era así, no tenía de qué preocuparme; él podía venir a casa a darme la comunión. Se me hizo un nudo en la garganta al escucharla; debí ponerme pálida porque Emilia me preguntó.

—¿Estás enferma? ¿Le digo que venga?

—No, no —me apresuré a decir.

—No te preocupes, que estaba a punto de ir. Solo tengo que cambiarme de ropa. Allí nos vemos.

No podía seguir faltando a misa o aquel maldito cura tendría la excusa perfecta para aparecer por casa y solo Dios sabía qué era capaz de hacer ese malnacido. Así que me cambié de ropa, me puse la camisa con cuello más alto que tenía y la falda más larga, agarré a Agate de su manita y saqué el valor suficiente como para entrar en la iglesia de nuevo.

22

Amaiur

María Iturgoien Zubiri, nacida el 15 de agosto de 1874 tenía solo un año menos que Mattin y tres más que Xabier. Tendría más lógica que hubiera sido pareja de Mattin que de Xabier. A estas alturas ya tenía claro que no hubo historia de amor, pero la mente siempre me jugaba malas pasadas y me remitía a aquella carta con la que comenzó todo. Busqué también en el libro de casamientos y no apareció ninguna boda; después, miré el libro de defunciones y tampoco allí tuve suerte. Comprobé la fecha de la muerte de Xabier y, efectivamente, allí estaba el acta de defunción, fechada el diecisiete de mayo de mil ochocientos noventa y nueve. Era más corta que las de alrededor; ponía básicamente que los funerales habían sido en la parroquia. Decidí avanzar más años; no aparecían ni matrimonio ni defunción, ni de Mattin ni de María, lo que me llevó a pensar que tal vez la pareja fueran ellos y que se casaron en otro pueblo, por eso no encontraba nada de ellos. El reto estaría en averiguar qué otro pueblo podría ser. Probé suerte en Zubiri por ser el pueblo más grande cerca de Eugi y no los encontré. Me di cuenta de que volvía a precipitarme; buscar a lo loco no tenía sentido. Empecé a retroceder el rollo de *microfilm* en el que veía los libros que buscaba. En este archivo nunca te sacaban los documentos originales; en cada rollo de película entraban varios libros, así que no era extraño encontrar que el libro que buscabas estaba precisamente en el rollo que tenías y solo era cuestión de hacer girar la ruleta para que la película pasara hacia donde tú quisieras. Después de usarlo, tenías que volver a recoger la película en el rollo en el que venía y listo. Así que en ello estaba; poco a poco fui retrocediendo ítem tras ítem, cuando un olor a flores llamó mi atención. Era el mismo que solía colarse en mi piso. Paré y miré alrededor para identificar de dónde venía; no vi nada extraño, nadie se había movido de su sitio y nadie nuevo había llegado. Paseé la mirada por los enchufes por si pudiera ser un ambientador eléctrico y tampoco encontré ninguno. Me reprendí a mí misma por distraerme hasta con el vuelo de una mosca y volví a fijar la mirada en la pantalla antes de seguir dándole a la manivela hacia atrás, cuando algo saltó en mi pecho: Iturgoien Zubiri, fue lo primero que leí. Coincidía con los apellidos de María; tal vez fuera una hermana. Comencé a leer detenidamente.

«Yo, el infrascrito abad de la parroquia de San Esteban protomártir de la villa de Zubiri, bauticé el día 22 de diciembre de 1900 a una niña que dijeron haber nacido el 14 de marzo de 1895 en Eugi. Le pusieron de nombre Agate, hija legítima de María Iturgoien Zubiri; abuelos maternos: Telmo Iturgoien, natural de Eugi, y Agate Zubiri, natural de Güesa. Fueron padrinos Emilia Larramendi y Sancho Gallués, a quienes advertí de su deber».

Tuve que leerlo dos veces para darme cuenta de que María había tenido una hija, al parecer de padre desconocido. Seguí buscando por si hubiera más hijos; no los vi. Busqué el libro de casamientos de Zubiri; tampoco encontré nada. Miré el libro de defunciones y no apareció ni María ni Agate.

Para cuando me di cuenta, ya era la hora de salir. Pedí una copia del acta bautismal de Agate y otra de la defunción de Xabier. La diferencia de precio con el Archivo General era abismal: tres euros por cada copia, frente a los quince céntimos del otro lado, por algo uno era un servicio público y el otro una entidad privada como la iglesia. Esta nueva pista me abría un mundo. Eché una cuenta rápida: cuando Xabier escribió la carta, María ya había tenido a Agate. Entonces, ¿por qué no la nombraba en la carta? ¿Agate era hija suya? ¿O sería de su hermano? Y lo principal: ¿era esta María la de la carta? ¿O estaría completamente confundida?

Fuera como fuese, iba con el tiempo justo para comer algo rápido e irme a trabajar, así que todas las preguntas tendrían que esperar al menos un día más.

Al día siguiente, me levanté con ganas de ir a pasear por el camino del molino de Eugi. Me fastidió más de la cuenta tener que ir a trabajar, pero, tal y como salí, cogí el coche y me acerqué hasta allí. Estuve un rato paseando, dejándome arrastrar por el susurro de las hayas. Siempre que entraba en aquel bosque, me pasaba lo mismo: me sentía como en un cuento de hadas; esperaba ver a Basandere tras cada árbol. Iba ensimismada, dejándome llevar por la magia del lugar, cuando regresó a mis fosas nasales el aroma a flores que tanto estaba oliendo últimamente. Fue solo una ráfaga de olor durante un segundo, el tiempo suficiente como para sacarme de mi nube. Llevaba andado más de la mitad del camino; miré a mi alrededor. El cauce no llevaba agua; lo cierto era que nunca lo había visto con agua a estas alturas del trayecto. Más abajo, sí; de hecho, más abajo nunca lo había visto seco. Era llamativo el contraste; por el otro lado, las hayas se erguían majestuosas. Había una zona en la que, milagrosamente, crecía algo de hierba y unas orquídeas silvestres daban color al paisaje. Las recordaba porque eran las mismas que le habían gustado a Leire el día que estuvimos aquí. Seguí paseando hasta el molino, esta vez pensando en Mattin y en Xabier. La de veces que habrían hecho aquel mismo camino. Traté de imaginar las caras de aquella foto que tenía en el teléfono, andando alegremente por aquí, lo difícil que tenía que ser en aquellos tiempos hacer las tareas más sencillas. No existían lavadoras que te facilitaran la vida, ni coches en la puerta de casa; había que ir andando a los sitios. Tenía calculado que desde el molino al pueblo habría más o menos una hora larga de camino, lo que quería decir que probablemente fueran pocas veces. Claro que, para ir a la escuela o a la compra, tendrían que ir, así que por lo menos los hijos de los Goñi recorrerían el camino mínimo dos veces al día. Serían niños fuertes, sin duda.

Llegué a casa cansada, pero contenta; aquel bosque me cargaba de energía. Todavía tenía que poner en mi nuevo corcho los últimos datos para ir completando el puzle. Ahora sabía que Xabier había sido asesinado, aunque tendría que esperar a que llegara la copia del acta del archivo para poder saber más. También sabía que María era más cercana a la edad de Mattin que de Xabier y que había tenido una hija de padre desconocido. Me senté a escribir estas notas antes de empezar a hacer la cena, pero no conseguí encontrar el bolígrafo, así que lo dejé por imposible. Lo más probable era que lo hubiera metido en algún bolsillo sin darme cuenta y lo hubiera perdido por allí; mañana tendría que comprarme otro.

Estaba a punto de echarme a dormir cuando sonó el teléfono. No conocía el número, pero aun así cogí la llamada porque supuse que sería Lur desde su nuevo número de teléfono, pero no era ella.

—¿Eres Amaiur? —dijo una voz masculina nada más descolgar.

—Sí. ¿Quién es?

—¿Qué le has hecho a Lur? ¿Dónde está?

—¿Cómo que qué le he hecho? ¿Quién eres?

—Eres una malnacida. Si no me dices dónde está Lur, ¡te voy a partir la cara! —gritó desde el otro lado de la línea aquella voz desconocida.

A mí se me pusieron los pelos de punta y colgué el aparato. Acto seguido, volví a marcar el número de teléfono de mi hermana; seguía sin señal. ¿Qué le pasaba a Lur? Una oleada de dolor sacudió mi cuerpo y tuve que agarrarme para no caerme. Dios mío, si le había pasado algo mientras yo andaba tan tranquila por ahí, no me lo perdonaría jamás. Tenía que ir a denunciar su desaparición, pero… ¿cuándo había desaparecido? Tal vez lo mejor sería llamar al dueño de aquella horrible voz y preguntarle antes de ir a ningún sitio.

23

María

Nunca me había gustado mucho don Fermín; siempre trataba de evitarlo y, cuando intentó forzarme en la iglesia, vi confirmados el porqué de mi mala sensación hacia él. Desde el día en que Emilia vino dándome aquel recado que encerraba una amenaza velada, decidí volver a acudir a misa todos los domingos; no quería darle excusas para que viniera a casa. Procuraba llegar siempre la última con Agate, nos sentábamos al fondo y salíamos las primeras; ya no nos quedábamos a charlar con las demás vecinas. No quería dar pie a que don Fermín se acercara a nosotras; si antes me daba pánico, ahora le tenía terror.

Pero, al final, tras varias semanas distanciándome todo lo que podía, él encontró la forma de acercarse a mí. Venía a mi puesto de telas en Eugi y me insistía en que tenía que bautizar a Agate. Me decía cosas como que mi alma ardería en el infierno si privaba a la niña de la posibilidad de pasar la vida eterna junto a Dios nuestro Señor y que estaba condenando a Agate al limbo o al infierno, que estaba siendo una imprudente, que él podía hacer que esa situación cambiara si yo quería, que recapacitara, podíamos llegar a un acuerdo, yo le daba placer y él, a cambio, nos protegería a Agate y a mí, se encargaría de que nada nos faltara. Aquello hacía que me hirviera la sangre de rabia, terror y repulsión a partes iguales. ¿No se daba cuenta de que nada nos faltaba a Agate y a mí? Nada necesitábamos salvo que él nos dejara en paz. Las pocas veces que nos habíamos visto habían sido en mi puesto del mercado y siempre había mucha gente alrededor. Él me decía todas estas barbaridades en voz baja, acercándose a mí para que nadie lo escuchara, pero sin sobrepasarse para que nadie lo viera. Sus visitas cada vez eran más frecuentes y sus palabras más obscenas. Una tarde de aquellas en las que se acercó al puesto del mercado, mandó a Agate a por un cántaro de agua a la fuente e insistió en quedarse a ayudarme a recoger las telas. Yo traté de evitarlo, pero no pude; ya casi no quedaba gente, la última compradora había hecho que me retrasara más de la cuenta y no pude recoger antes. Don Fermín cargó con la primera pieza de tela y empezó a colocarla en el carro. Cuando me acerqué con la siguiente, aprovechó que tenía las dos manos ocupadas y puso su mano sobre mi pubis. Inmediatamente di un brinco, no podía abofetear a un cura, pero no tenía por qué estar cerca de él.

—Váyase inmediatamente de aquí —le dije, todavía con las telas en la mano.

—María, sabes que tarde o temprano va a pasar. No sé por qué te haces tanto de rogar.

—Váyase si no quiere que me ponga a gritar.

—Hazlo. Me encargaré de que te encierren en un sanatorio mental por loca e histérica. Mejor deja ya este juego que empieza a aburrirme. Esta noche iré a tu casa y me darás lo que quiero o te denunciaré por adúltera; diré que te he visto con varios hombres diferentes y conseguiré que te quiten a la niña. Cuando se pongan a mirar verán que ni siquiera está bautizada y se la llevarán a un buen hogar cristiano, o puede que la internen en un convento.

En cualquiera de los dos sitios, a una niña de esa edad la usarán para hacer las tareas que nadie quiere hacer.

—No puede hacer eso. Agate es mi vida.

—Vida que estás dispuesta a sacrificar solo por no hacer lo que mejor se te da. Piénsatelo. Si esta noche no encuentro la puerta de tu casa abierta, mañana te denunciaré.

La angustia me tenía el cuerpo paralizado; necesitaba ganar tiempo, necesitaba idear un plan.

—De acuerdo. Pero esta noche está Agate en casa; deme un par de días para que pueda dejarla en casa de alguien y así no correrá usted el riesgo de que la niña se despierte y lo vea. No querrá que luego vaya contándolo por ahí. Ya sabe usted cómo son los niños.

—Los niños no dicen nada si se sabe cómo tratarlos, pero está bien, veo que por fin has entrado en razón. Te doy dos días. Pasado mañana a la noche espero tener la puerta de tu casa abierta y tu cama lista.

Puso una mirada perversa y se fue dejándome allí temblando, casi a oscuras y con todo por recoger. Cuando Agate llegó con el agua, me encontró llorando; no pude evitar hacerlo, me sentía impotente. La abracé y desparramé toda el agua que la pobre niña había traído. Le dije que no se preocupara, que estaba bien, solo que se me había metido algo en los ojos. La pequeña no dijo nada, me ayudó a recoger lo que pudo con sus pequeñas manitas y nos fuimos a casa. Aquella noche no pude pegar ojo. Pensé en que había llegado el momento de dejar Eugi para siempre y trasladarme a Güesa. Eran demasiadas preocupaciones: miedo a que regresara Mattin, miedo e incertidumbre por lo que les había pasado a los Goñi. ¿Los habían matado a todos? ¿O habían sido muertes naturales? ¿Y si después de tanto preocuparme porque Mattin volviera, resultaba que había muerto en el campo y se lo habían comido los buitres? No podía ser, alguien hubiera visto los restos en algún momento. A todo ello ahora se le sumaban los abusos y amenazas del cura. Mis preocupaciones en Eugi no hacían más que aumentar; definitivamente había llegado el momento de marchar.

Al día siguiente comencé a empacar todas nuestras cosas; ya le encontraría un comprador a la casa, lo importante era salir de allí cuanto antes. El plan era recoger todo cuanto pudiera y partir con las primeras luces del alba. A media tarde, Emilia se presentó en casa y al ver todo el desorden que tenía organizado, se escandalizó.

—Pero… ¿qué ha pasado aquí?

—Nada —le dije, algo agitada—. Estoy organizando la casa, nada más.

No quería que nadie supiera que nos íbamos; no podía permitirme que llegara a oídos de don Fermín.

—¿Seguro? Pareces nerviosa. ¿Te ha pasado algo?

—Pero ¡qué cosas dices! ¿Qué iba a pasarme?

—Vale, vale, no insisto. Solo he venido porque me ha extrañado ver las ventanas cerradas todo el día.

Le ofrecí un café que tenía hecho, para que no creyera que tenía prisa, y estuvimos hablando un rato sobre las novedades del pueblo y se fue. Yo me apresuré a seguir recogiendo lo que pude; cuando por fin lo tuve todo listo y embalado en el pasillo, a la espera de cargarlo de madrugada, me senté con Agate y me sentí más tranquila. La sensación duró poco. Caía la noche cuando alguien empezó a aporrear la puerta de mi casa. Me entró pánico y, por un momento, me quedé paralizada. Agate se asomó a la ventana, presa de la curiosidad que sentía por tal escándalo.

—Ama, es Emilia.

—¿Emilia? Dile que ya bajo.

Escuchar su nombre me hizo salir de mi parálisis. Bajé las escaleras de casa y me apresuré a descorrer el pestillo de casa.

—¡Ay, María! No te lo vas a creer, es don Fermín.

Volví a sobresaltarme; llevaba años con los nervios a flor de piel y temía que en cualquier momento pudiera darme un infarto. Se me encogió el corazón pensando que aquel cura había roto su promesa y me había denunciado de alguna manera. Miré más allá de Emilia, calle abajo, esperando ver subir a una multitud de vecinos acusándome de todo tipo de cosas, pero la calle estaba desierta, o al menos no había ni una sola luz que delatara la presencia de nadie. Aun así, busqué todo el valor que me quedaba para preguntar.

—¿Qué ha pasado?

—Ha aparecido muerto en el camino del cementerio.

Se santiguó instintivamente y yo hice lo mismo. Tras el *shock* inicial, sentí un gran alivio, como si un nudo se me desatara en el estómago; inmediatamente después sentí otro nudo formándose en mi garganta. Esta vez yo no tenía testigos que me eximieran de la culpa. ¿Y si los guardias volvían a por mí?

—Pero ¿cómo? ¿Qué ha ocurrido? ¿También como los Goñi?

—No, parece que tenía un golpe en la cabeza. Todavía no se sabe si porque le pegaron con algo duro o si se cayó y se dio con una piedra.

Aquella noche no me fui a Güesa como tenía previsto, sino que la pasé volviendo a colocar todo en su sitio. Si volvían a venir los guardias como cuando murieron los Goñi, no quería que pensaran que estaba huyendo. Otro muerto más en el pueblo; ya no tenía tan claro que el culpable de todo fuera Mattin.

24

Amaiur

No pude concentrarme en el trabajo; los pasillos se quedaron a medio hacer y salí del hipermercado totalmente desorientada. No podía decidir si denunciar la desaparición de Lur o si seguir esperando. Al final, me decanté por lo primero; era mi hermana. Si al final resultaba que su desaparición se debía solo a un malentendido, por lo menos me quedaría tranquila, aunque me hicieran pagar una multa, eso contando, claro, con que me hicieran caso; cuando ama desapareció, no es que hicieran mucho que digamos.

Estaba de camino a poner la denuncia cuando saltó la alarma del teléfono. ¡Tenía que pasarme por el Juzgado de Paz! Se me había pasado por completo. Di media vuelta de inmediato; si me daba prisa, llegaría a tiempo. Y al ser de Paz, con un poco de suerte Lur estaría allí y ya no tendría que preocuparme más, pero me equivoqué, no había acertado en nada; ni Lur estaba allí ni me había denunciado. Los que sí que nos habían puesto una denuncia eran la comunidad de vecinos del piso en el que habíamos crecido. Nos reclamaban una cantidad de dinero importante en concepto de gastos del portal no pagados. No podía creerlo, el piso legalmente ni siquiera era nuestro; ni Lur ni yo habíamos aceptado ni rechazado la herencia, por lo que no tenían ningún derecho a denunciarnos, y así se lo hice saber a la persona que me entregó la denuncia. Al parecer, tenía una idéntica para mi hermana, aunque esta no había recibido la citación. La mujer, que no me quedó claro si era una juez de paz o una secretaria, me explicó que al no haber hecho nada, legalmente no teníamos de qué preocuparnos. Que como los vecinos nos conocían de toda la vida, habrían dado por hecho que el piso ahora era nuestro, pero que en cualquier caso teníamos que regularizar la situación para que la comunidad pudiera actuar en consecuencia.

Salí de allí con un nudo en el estómago, con la sensación de haber sido derrotada. Me fui a casa y me metí en la cama.

Cuando desperté, llamé a Ane; necesitaba desahogarme con una amiga. Empecé a hablar sobre Lur, la preocupación que sentía por ella, la llamada de aquel tipo, incluso de las veces que había visto a su amigo. Estuve más de media hora hablando sin parar, hasta que de repente sonó el timbre de casa. Abrí la puerta y apenas pude creerlo: era Ane.

—He pensado que esta conversación requiere algo más que una simple llamada —me dijo a modo de presentación y, acto seguido, me dio un abrazo de esos que aprietan fuerte y crean redes salvavidas.

Se lo agradecí en el alma; pasamos el resto de la tarde hablando, llorando y evaluando la situación. A última hora, nos pasamos por Policía Foral y pusimos la denuncia de desaparición.

El sábado, tal y como salí de trabajar, me recogió Irune en la puerta y pusimos rumbo a Zaragoza. Pasamos un día intenso; hicimos turismo por las calles más emblemáticas, pasamos por El Pilar y su gran fuente, vimos el canal y por fin nos metimos por los barrios. Cerca de la calle Calanda se encontraba el supermercado chino al que quería ir; cogí provisiones de carnes vegetales picantes, diferentes *udons* y diversas comidas de nombres impronunciables.

Había unos pequeños postres con forma de polvorón que en realidad eran como una mezcla de bollo y gominola, con una textura que no había probado nunca, pero que estaban riquísimos. Finalmente, acabamos en un centro comercial que tenía un lago al aire libre. Yo me perdí en una librería mientras el resto entraba en diferentes tiendas; al final nos juntamos en una pared con unas alas de ángel pintadas en ella, cenamos allí y a la vuelta hicimos un par de paradas, como queriendo retrasar el momento de llegar a casa.

Los días pasaron despacio, hasta que por fin llegó el tan ansiado correo con la copia del acta judicial de la muerte de Xabier. Aquello me ayudaría a desconectar de mi preocupación por Lur, de la que seguía sin tener noticia alguna. Cogí papel, boli y me senté dispuesta a no levantarme hasta terminar de transcribir todos aquellos folios.

Me costó tres días entender todo lo que ponía en estos papeles escritos con pluma y con diferentes letras; fueron días en los que no hice otra cosa más que trabajar y transcribir. En resumidas cuentas, descubrí que el caso tampoco se había cerrado; tampoco había culpables esta vez. Las causas de la muerte eran desconocidas, igual que las de sus padres. El cuerpo lo había encontrado un tal Tasio Larramendi, un pastor de vacas. No habían interrogado a nadie porque no había nadie a quién interrogar, salvo al pastor, y este había declarado no haber visto ni oído nada raro. Solo que él pasaba por allí como cada día con sus vacas y lo había visto en el suelo. Pensó que estaba desmayado, pero al zarandearlo para que volviera en sí, se había dado cuenta de que no respiraba; entonces había salido corriendo a pedir ayuda. El crimen se había cometido en la puerta del molino, sin testigos, totalmente alejado del pueblo y de nadie que pudiera haber visto o escuchado algo. En el margen de una de las páginas había una anotación que decía:

Sospechosa del asesinato de los Goñi descartada por hallarse en Zubiri, atestiguado por el párroco, don Fermín.

Al parecer, el cuerpo lo llevaron al Hospital de Navarra para su estudio; esto explicaba por qué su acta de defunción era más corta que el resto: no hubo conducción del cadáver al cementerio. El acta no decía mucho más, pero para mí era suficiente. Si había muerto igual que sus padres y María no había sido, eso quería decir que tampoco mató a sus padres. Lo que hacía más cierto el hecho de que Mattin regresara años más tarde a reclamar la herencia, con lo cual, María no había matado a nadie. Solo era una víctima de las circunstancias.

El olor a flores cada vez lo sentía con más frecuencia; incluso en el trabajo me venían ráfagas de olor. Era como si lo tuviera incrustado en las fosas nasales y no pudiera dejar de olerlo.

El nombre de Tasio Larramendi se me hizo familiar, pero no estaba segura de por qué. Busqué entre los interrogados por la muerte de los Goñi, pero no lo encontré; aun así, estaba segura de haberlo leído no hacía mucho. Podía ser que lo hubiera leído mientras estudié el documento original en el archivo, pero no estaba segura y no perdía nada por comprobar si lo había leído en otra parte. Decidí empezar a revisar los documentos en orden y empecé por el último; el anterior al acta judicial había sido el acta bautismal de Agate, hija de María. Cogí el papel entre las manos y en ese momento aquel olor que llevaba persiguiéndome un tiempo inundó todo el cuarto de estar y me golpeó la nariz como una bofetada. Era más intenso que nunca. Me levanté y abrí las puertas del balcón; necesitaba algo de aire. El olor se disipó enseguida y pude continuar. Regresé al sofá y volví a leer el acta; al final del todo ahí estaba el apellido Larramendi. ¡De eso me sonaba! Era el apellido de la madrina de Agate. Podía ser que el tal Tasio fuera pariente de Emilia; normal si eran del mismo pueblo. Era otro dato sin importancia, pero me gustó encontrar el parentesco. Recogí todos los papeles; era hora de cenar.

Me eché a dormir con la sensación de haber limpiado el nombre de María, y aquello me hizo sentir bien, pero esa buena sensación duró solo hasta que me quedé dormida. Me desperté sobresaltada a las tres de la mañana; había tenido una pesadilla en la que unas sombras me perseguían y yo trataba de huir. Abrí los ojos y me pareció ver una sombra desapareciendo, sin duda un eco del mal sueño que había tenido. Hacía frío; me levanté, necesitaba beber agua. Me sorprendió encontrar la puerta del balcón abierta, pero al instante recordé que la había abierto por la tarde. Seguramente la dejaría mal cerrada y cualquier ráfaga de aire la habría abierto. Me costó un poco volver a coger el sueño, pero lo hice. A las cuatro y media volví a despertarme; había tenido otra pesadilla en la que estaba en un hoyo de tierra y del que, por más que lo intentara, no podía salir. Estaba como paralizada; mi cuerpo se negaba a moverse. Ya no pude volver a dormirme. Estuve dando vueltas en la cama hasta que sonó el despertador y fui a trabajar con sueño y desganada. La mañana reponiendo se me hizo eterna. A la vuelta me eché a dormir directamente; necesitaba descansar. Cuando por fin abrí los ojos, puse a calentar las sobras del día anterior y, mientras, revisé la bandeja de correos electrónicos; hacía días que no la miraba.

Tenía un correo de Mattin de hacía tres días, otro de Leire y otro del polideportivo municipal. Abrí primero este; tal y como esperaba, era información sobre nuevos cursos. Después abrí el de Leire; me informaba de que estaban organizando nueva excursión. Esta vez sería a ver el mar. Por último, abrí el de Mattin; me proponía que quedáramos un día para tomar algo. Le contesté enseguida y estuvimos un rato intercambiando *emails* y poniéndonos al día.

25

María

El pueblo entero estaba conmocionado; la gente hablaba y cuchicheaba en corrillos por todos los lados. La opinión mayoritaria era que las muertes de los vecinos, o más bien los asesinatos, porque ya nadie dudaba de que eso era lo que eran, era grave. Pero que se atrevieran a matar al párroco, aquello solo podía ser obra del mismísimo demonio, ya lo decía don Fermín en sus misas, el diablo acecha entre nosotros, pero nadie le creyó y ahora él estaba muerto y solo Dios sabía quién sería el siguiente.

Se desató una auténtica caza de brujas en aquellos primeros días; todo el mundo acusaba a todo el mundo de ser los asesinos. Todos los vecinos que tenían rencillas entre ellos pasaron por el cuartelillo a testificar, pues habían sido denunciados los unos por los otros. Los guardias interrogaron a tantos vecinos que habían sido denunciados que se olvidaron de mí. O quizás fue solo que realmente ya no era sospechosa; la angustia de las primeras horas se fue disipando tal y como fueron pasando los días.

Esta vez la causa de la muerte estaba clara; la sangre que salía de la cabeza de don Fermín delataba que había habido un golpe en esa zona. Determinar si había sido fruto de una caída o si había sido golpeado iba a ser más complicado. El obispo, en un primer momento, no dio permiso para hacerle una autopsia; la profanación de los cuerpos no era algo que Dios viera con buenos ojos, lo que dificultaba determinar si había habido homicidio o no. Finalmente cedió, pues entendió que, si no se permitía hacer una autopsia en esas circunstancias, cualquier persona inducida por el demonio podía matar a cualquier sacerdote con total impunidad. El cuerpo de don Fermín estuvo dos días en Pamplona, donde le fue practicada la autopsia y el resultado resultó ser lo que todo el mundo esperaba: don Fermín había sido asesinado con un objeto contundente, pero no con una piedra, más bien con un palo de madera.

Yo acudí a su entierro secretamente para asegurarme de que estaba enterrado, aunque no me dolía ni lo más mínimo su pérdida; incluso me sentía aliviada por ella. Lo que me preocupaba en aquellos primeros días era que vinieran a interrogarme; no quería volver a pasar por aquello e incluso pensé en irme y en no volver varias veces, pero sabía que aquello era lo peor que podía hacer. Si me iba en aquel momento, todas las sospechas recaerían sobre mí y entonces no tardarían en encontrarme; no quería ni pensar en qué pasaría. Mi preocupación hizo que la gente la tomara como tristeza, así que no desentonaba con el resto del pueblo.

Empecé a contagiarme yo también de aquel espíritu de caza de brujas y, mientras todo el pueblo buscaba a un asesino en masculino, yo me fijaba en las mujeres. Estaba convencida de que yo no era la única con la que había intentado propasarse y lo más probable era que alguna de aquellas mujeres a las que el malnacido tanto miraba hubiera tenido el valor de hacer aquello de lo que yo no fui capaz: acabar con sus abusos y sus chantajes. Las miraba y todas me parecían que podían ser y, al mismo tiempo, a ninguna la veía capaz.

El día del funeral tuvieron que dar la misa con las puertas abiertas; no cabía un alfiler en la iglesia y muchas nos tuvimos que quedar fuera. Ofició la misa el párroco de Zubiri junto a un ayudante; se rumoreaba que aquella cara nueva iba a ser el nuevo párroco del pueblo, pero nadie sabía confirmarlo.

Tras el funeral, el pueblo fue volviendo poco a poco a la calma y la rutina; tras aquella avalancha de interrogatorios policiales de los primeros días, estos fueron reduciéndose también y espaciándose en el tiempo.

Había pasado casi un mes desde que enterráramos a don Fermín cuando el párroco de Zubiri se acercó a mi puesto en el mercado.

—Buenos días, María. Perdona que no haya venido antes, pero he estado muy ocupado instruyendo al nuevo párroco de Eugi y, sobre todo, muy afligido por la pérdida de nuestro querido don Fermín. Tengo entendido que deseabas bautizar a tu sobrina aquí en Zubiri; don Fermín me habló de ello justo el día antes de morir. Me dijo que la habías inscrito como tu hija legítima y que querías bautizarla como tal, ¿estoy en lo correcto?

—Sí, padre, así es —dije sin poder salir de mi asombro; no sabía exactamente qué era lo que don Fermín le había dicho a aquel sacerdote y no quería meter la pata.

No parecía estar acusándome de adúltera, sino más bien de todo lo contrario, por eso decidí callar, ser escueta y dejar que fuera él el que hablara.

—Bien, hija, me alegra saber que sigues con el mismo espíritu. Esta niña ha tenido mucha suerte de encontrarte en su camino.

—Gracias, padre.

Cada vez estaba más confundida y más segura de que lo mejor era callar.

—Bueno, pues si te parece bien, podríamos celebrarlo el sábado que viene a primera hora, así después podrás seguir con tus labores en el mercado.

—Estupendo, me parece muy bien.

—Por los honorarios no te preocupes. Sé que habías pagado a don Fermín y sé también que le hubiera gustado hacerlo él, así que este bautismo será un homenaje para él.

—No sé cómo darle las gracias, padre.

Intercambiamos unas pocas palabras más y se fue. Yo me quedé aturdida; el problema del bautismo iba a solucionarse por fin. Por lo que Agate podría crecer como una persona normal y no ser excluida por no estar bautizada.

Necesitaba padrinos; no podía decírselo a mis tíos, para cuando llegara la carta y vinieran ya habría pasado la fecha, así que me atreví a pedírselo a Emilia. A ella también le mentí; le dije que no sabía si la niña estaba bautizada y que no tenía forma de saberlo, por lo que había hablado con don Fermín y habíamos decidido bautizarla, si es que no lo estaba ya, pero que iba a ser en Zubiri para evitar estar en boca de todos. Le pedí que fuera la madrina y se sintió muy halagada; le entusiasmaba la idea. Me preguntó quién sería el padrino; yo no sabía a qué hombre pedírselo, no tenía suficiente confianza con ninguno como para pedirles algo así y tampoco me agradaba la idea de involucrar a más gente en el asunto. Después eran todo habladurías y bastante había dado que hablar ya. Le pedí consejo al respecto a Emilia y estuvimos un rato estrujándonos el cerebro. Primero pensamos en sus familiares, pero su padre estaba muy mayor, apenas podía salir a la puerta de casa, así que ir hasta Zubiri con él era impensable y su hermano estaba en el monte con las vacas; había ocasiones en las que no bajaba al pueblo durante semanas, así que no podíamos contar con que apareciera para pedírselo. Al final, a Emilia se le ocurrió una solución ingeniosa: le diríamos al cura de Zubiri que habíamos pensado que, en honor a don Fermín, fuera el propio párroco quien eligiera a un buen hombre de Dios como padrino.

El jueves salía un autobús para Zubiri; mandé en él una nota en un sobre para el párroco, en ella le explicaba que había decidido que él eligiera un buen padrino.

El sábado, a primera hora, entramos en la iglesia Agate con su mejor vestido, Emilia y yo, nerviosa por no saber si habría recibido la carta y si habría buscado padrino. El párroco nos recibió sonriente; junto a él había un hombre al que nos presentó como el señor Sancho. Tendría unos cuarenta años, más o menos; este se inclinó para intercambiar unas palabras con Agate y después se dirigió a nosotras. Tenía una cara bonachona y nos explicó que le hacía ilusión tener una ahijada; su esposa había fallecido sin darle descendencia y él se encontraba solo, por eso aquella solicitud era como un regalo para él. También me pidió poder ir a visitar a Agate de vez en cuando. Yo accedí sin saber muy bien qué decir y así bautizamos a Agate en Zubiri. La niña se quejó de lo fría que estaba el agua que se le había metido por el cuello del vestido y le caía por la espalda; yo le puse un chal entre el vestido y el pelo para que no se mojara más. Salimos de la iglesia y, en aquel momento, me sentía la mujer más afortunada del mundo; por fin, un quebradero de cabeza menos.

26

Amaiur

Quedamos en el mesón de Iruñerria; para cuando llegué, Mattin ya estaba sentado en una de las mesas del fondo. Me acerqué a él y dejé mis cosas mientras lo saludaba. Esperamos a que un atento camarero nos tomara nota para empezar a ponernos al día. Él estaba terminando su tesis; en un mes la presentaría y cada vez estaba más nervioso. Yo, en cambio, seguía con mi investigación por pura inercia, ya que era lo único que, por unas horas, hacía que dejara de pensar en Lur. Había encontrado a Xabier muerto; solo me quedaba encontrar a María, aunque ella sí que había tenido descendencia. En cualquier caso, dudaba de que a esta le gustara tener una carta así; ahora la investigación era solo para mí. Le conté todo esto con entusiasmo, aunque dudo que me escuchara; estaba muy centrado en su tesis y apenas habló de otra cosa en todo el rato que estuvimos. Entendí que los nervios suelen afectarnos de esa manera. Me explicó que apenas tenía vida últimamente; había dejado incluso de coger trabajos para este mes por no quitarle tiempo al estudio, pero que le venía bien desconectar un poco. Nos despedimos casi una hora después y yo me fui a casa a seguir dando vueltas a mis papeles.

Al entrar en el cuarto de estar, vi una de las hojas del acta judicial de la muerte de Xabier en el suelo; supuse que se me habría caído. La recogí y fui a darme una ducha. Cuando regresé al cuarto de estar, el papel volvía a estar en el suelo. Volví a recogerlo, algo confusa. Debía estar perdiendo la cabeza; habría jurado que lo había dejado en su sitio, pero estaba claro que no lo había hecho.

Puse un cazo con agua a calentar para hacerme una sopa para cenar y, mientras tanto, me senté frente a mi corcho a decidir por dónde debía seguir. Tenía dos cabos sueltos: Mattin y María. Con Xabier sabía exactamente qué había pasado, incluso con sus padres, pero Mattin y María me intrigaban. Decidí volver al Archivo General; buscaría la aceptación de herencia de Mattin o cualquier dato que pudiera haber de él, pero esta vez lo haría en Zubiri. La sopa me sentó fenomenal y empecé a sentir sueño, así que, con el nuevo plan trazado, me eché a dormir.

Tal y como tenía pensado, pasé la tarde en el Archivo revisando los índices de los distintos notarios que operaban en aquella fecha en Zubiri. Según la nota de la denuncia de la desaparición de Mattin, este había reclamado la herencia el tres de agosto de mil novecientos doce, casi catorce años después de que murieran sus padres y alrededor de diecisiete años después de su desaparición. No apareció ningún Mattin Goñi en ninguno de los notarios; los apunté todos con mi lápiz en un folio blanco, cada libro de cada notario que había revisado, para poder seguir revisando el resto. Al día siguiente había quedado con mis amigas, por lo que no podría volver al Archivo, pero esperaba poder terminar de revisarlos cuando retomara la investigación.

Irune estaba en la puerta del Itsaso esperando a que llegáramos; fui la segunda en hacerlo, cosa poco habitual, pues normalmente llegaba siempre tarde. Tras los saludos iniciales, empezamos a hablar de nuestra semana. Yo le conté que seguía sin novedades de Lur; tras la denuncia, esperaba algún tipo de información, pero no tenía nada. Mi amiga me miró con cara de angustia, así que, para no fastidiar uno de los pocos ratos en los que estábamos juntas, terminé hablando de mis avances con la investigación y le dije que últimamente estaba muy despistada; no dejaba de olvidarme de hacer cosas que luego daba por hecho que había hecho, como cerrar el balcón o recoger los papeles.

—Si es que la edad no perdona —me dijo con una sonrisa pícara.

Me eché a reír; las dos teníamos la misma edad, pero antes de que pudiera replicarle algo, aparecieron Leire y Ane. Entramos las cuatro al bar. Al parecer, la decisión estaba tomada: la siguiente excursión sería a ver el mar. Lo que no estaba decidido era desde qué punto concreto lo veríamos; tras varios tiras y aflojas, al final ganó la opción de Hendaia. Sería dentro de tres fines de semana porque, al parecer, entre unas y otras, no podíamos coincidir las cuatro hasta esa fecha. Como la intención era ver el mar y no ir de compras, acordamos que esta vez fuera en domingo.

Cuando llegué a casa, volví a encontrarme las hojas del acta judicial de la muerte de Xabier en el suelo; esta vez estaba segura de haberlas guardado correctamente. Las recogí, me puse el pijama y me fui a la cama directamente; no me apetecía pensar en los papeles.

No me sacaba el olor a flores de las fosas nasales; entre eso, las pesadillas nocturnas y la preocupación por Lur, cada vez estaba más irascible, pero sobre todo más sugestionada. No quería pensar en ello, por eso, tal y como salí de trabajar, me fui directamente al archivo; no me apetecía entrar en casa y volver a encontrarme aquellos papeles tirados.

Revisé todos los índices restantes; ni una sola mención a Mattin en ninguno de ellos. Me negaba a pensar que no estuviera por ningún lado. Entregué el último índice y miré el reloj; ya era tarde para seguir buscando. Le pedí a Sara que me preparara para el día siguiente los índices de los notarios de Eugi, desde 1895 hasta 1995. Iba a revisar cien años, pero lo encontraría.

Cuando salí del archivo, me encaminé hacia casa, aunque no me apetecía ir. Estaba pensando en dar media vuelta y pasear un rato por el paseo del Arga cuando sonó el teléfono; era Mattin.

—Buenas, Amaiur. ¿Te pillo en mal momento?

—No, para nada. Justo he salido del archivo y estaba pensando en pasear. Lo cierto es que no me apetece ir a casa.

—Bueno, pues si quieres, te hago compañía un rato. Yo estoy saturado de escribir. ¿Nos vemos en media hora en el portal de Francia? Así te cuento en persona el motivo de mi llamada.

—De acuerdo. ¡Pero adelántame algo! ¡Ahora no me dejes con la intriga!

—En media hora —dijo, echándose a reír, y colgó.

No se hizo esperar. Para cuando llegué, él ya estaba allí. Bajamos por el portal de Francia y nos metimos por un camino de gravilla entre las murallas, fuimos paseando mientras hablábamos.

—Necesitaba estirar las piernas; tantas horas sentado no es sano.

—Bueno, ¿qué era eso que querías contarme?

—Estás intrigada, ¿eh?

—¡Claro que lo estoy!

Se echó a reír de nuevo.

—No es nada importante, tranquila. Mi abuela nos invita este domingo a pasar el día a Güesa. Me ha dicho expresamente: «Dile a Amaiur que venga, que esta noche he soñado con ella».

—Vaya, vaya, así que tu abuela sueña conmigo, ¿eh?

Nos reímos los dos al mismo tiempo, pero lo cierto es que aquel comentario hizo que me volviera a sugestionar y a pensar en cosas sobrenaturales. Disimulé; no quería que él notara mi preocupación y se riera de mí. Acepté la invitación y quedamos en que pasaría a recogerme el domingo a primera hora. Llegué a casa y fui directa a la ducha; me puse el pijama y, aunque no quería ni mirar el cuarto de estar, no podía posponerlo para siempre, así que saqué valor y entré en él. Todo estaba tal y como lo había dejado; me reprendí a mí misma por ver cosas donde no las había. Ya más tranquila, me puse a hacer la cena.

Justo cuando estaba a punto de echarme a dormir, sonó el teléfono, número desconocido. Cogí sin dilación.

—Amaiur, Amaiur —escuché la voz lastimera de mi hermana entre llantos.

Me dio un vuelco el corazón y todos mis sentidos se pusieron alerta; me pedía que fuera a buscarla. Sus palabras eran inconexas y sus frases atropelladas; finalmente comprendí que estaba en Puente La Reina. Quedé en recogerla a las afueras del pueblo, en la rotonda que llevaba al *camping*. Me sorprendió el lugar; a esas horas debía de estar oscuro, sin una luz, pero mi hermana no se caracterizaba por ser la más normal que digamos. Además, en el estado en el que la escuchaba, no me planteé ni por un segundo el llevarle la contraria. Fue un momento de confusión absoluta; el alivio de escucharla se contraponía con la angustia y la urgencia de su voz. Cogí las llaves del coche y salí a toda velocidad hacia Puente La Reina. La carretera estaba desierta y yo excedí el límite de velocidad con los nervios a flor de piel hasta que llegué a la rotonda; no la veía por ningún lado. Di dos vueltas seguidas y opté por parar el coche a un lado; necesitaba centrarme. Entonces la vi salir tras un seto del borde del camino que daba al *camping*. Le costaba andar; llevaba una camiseta rasgada y estaba famélica, como si no hubiera comido nada en semanas. Salí del coche a toda velocidad y la agarré por la cintura para ayudarla a llegar hasta el coche. Al hacerlo, noté todos sus huesos; solo me dijo en voz baja:

—Vámonos corriendo de aquí, que no nos vea.

La persona a la que sujetaba con mi brazo era todo hueso y pellejo; la ayudé a sentarse en el asiento del copiloto y le puse el cinturón de seguridad. Después me senté al volante y salimos de allí pitando. Lur pareció relajarse, cerró los ojos y se quedó dormida. En el camino de vuelta, yo la miraba de reojo, preocupada; no sabía si dormía o estaba inconsciente. Pisé el acelerador más que a la ida y puse rumbo a urgencias.

27

María

Tras bautizar a Agate, todo cambió; no hubo más muertes extrañas y no habían llegado a detener a nadie por ninguna de las muertes, ni siquiera por la de don Fermín. Poco a poco, la gente fue haciendo su vida y olvidando aquellos días tan oscuros en los que todos sospechábamos de todos.

El nuevo párroco se integró bien; don Pascual era muy diferente a su antecesor, no solo tenía cara de bonachón, sino que también lo era. No le importaba arremangarse para ayudar a alguien a apilar leña de tal forma que quedara protegida para el invierno o arrimar el hombro en la cosecha. Incluso era él quien trabajaba en los campos de la iglesia y solía repartir los frutos de su huerta entre los que menos tenían. Nunca habíamos visto un párroco así y, en un principio, su actitud fue tomada con recelo, pero poco a poco fuimos acostumbrándonos a su forma de obrar. Y así fueron pasando los años. Agate fue comulgada junto al resto de niñas de su edad y más tarde hizo la confirmación con el resto de niñas. Era lista y aprendía rápido; fue a la escuela hasta el último nivel, pero no tenía medios para que siguiera estudiando, por lo que le enseñé a coser. Mi vista ya no era la que había sido; aun así, seguía apañándomelas. Agate me ayudaba con la costura y era ella la que llevaba las cuentas en casa desde que sus conocimientos de matemáticas eran superiores a los míos.

Había cumplido 17 años en marzo; ya era toda una mujer, pronto se emparejaría, se casaría y seguramente se iría de casa, pero prefería no pensar en eso; me conformaba con verla feliz. Para nosotras fueron unos años maravillosos, aunque nos llegaban ecos de guerra. No solíamos ver soldados ni alteradas las rutinas de nuestro pueblo y, al ser las dos mujeres, no sentíamos la preocupación que se vivía en otras casas en las que los hijos eran obligados a cumplir el servicio militar en plena guerra del Rif.

El verano estaba siendo especialmente caluroso; cada noche salía a tomar la fresca a la puerta de casa. Solíamos juntarnos allí las vecinas después de cenar; los días eran infernales como para andar por la calle y las noches no refrescaban lo suficiente como para poder conciliar el sueño con facilidad; así que matábamos el tiempo estando de tertulia a la luz de un candil.

Emilia tenía tres hijos pequeños, dos chicos y una chica; solían andar siempre bajo sus faldas y en esas estábamos cuando vi tambalearse mi mundo de nuevo. Así como quien cuenta un chisme sin importancia, me dijo que había oído que Mattin Goñi había reclamado la herencia de sus padres.

—No puede ser. ¿Después de tantos años?

—Si te digo la verdad, yo siempre pensé que se habría ido a las Américas y que algún día volvería. Quién sabe si llegó a enterarse de lo que les pasó a sus padres. Me da pena, pobre, volver después de tantos años para encontrarse con que ya no tiene familia.

Yo estaba pálida, aunque la oscuridad de la noche impedía que Emilia se diera cuenta.

—¿Entonces ahora está aquí, en Eugi?

—Creo que no; tengo entendido que ha hecho la reclamación por carta, pero claro que vendrá, mínimo a firmar la aceptación de herencia y probablemente a vivir. Si no, ¿para qué iba a reclamar la herencia?

—Claro —dije por decir algo.

De repente, me faltaba el aire. Mattin había sido una pesadilla recurrente en mi vida; no estaba preparada para volver a verlo, todavía sentía pavor por lo que pudiera hacer. Había sido capaz de enterrar a Agate viva; ¿qué no sería capaz de hacer?

Me excusé y me fui a casa. Agate quiso quedarse a la fresca, pero la hice pasar. Había llegado el momento de explicarle quién era Mattin Goñi.

28

Amaiur

Lur se había quedado ingresada en el hospital; tal y como nos vieron aparecer por la puerta de urgencias, acudieron dos celadores que la tumbaron en una camilla y la metieron corriendo a un *box*. Allí le pusieron una vía intravenosa; al parecer, estaba sumamente deshidratada y, por ella, además de suero, empezaron a meterle medicamentos. Los médicos que la vieron no daban crédito al estado tan deplorable en el que se encontraba. Yo no sabía contestar a ninguna de sus preguntas y Lur no estaba en condiciones de hacerlo. En un momento dado, apareció la policía, sin duda alertada por el servicio de urgencias. Me alejaron de ella y no me dejaron verla; les expliqué lo ocurrido aquella noche y que llevaba semanas desaparecida. Les insté a consultarlo con sus compañeros, dado que yo había puesto una denuncia y ellos no habían hecho nada. Aquella noche no pude volver a verla, aunque la pasé en la sala de espera de urgencias. Por la mañana llamé a mi jefa explicando lo ocurrido y diciendo que no podía ir a trabajar. Estaba tan agotada física y psicológicamente que, en vez de coger el coche para volver a casa, llamé a un taxi. Dormí durante toda la mañana; al mediodía, por fin pude ver a mi hermana. Me contó el calvario que había pasado; al parecer, había conocido a un tipo, un camello de Puente, y se había ido con él. Al principio, todo fue bien, pero a los días empezaron las palizas, hasta que al final un día la dejó encerrada en una habitación y el tipo no volvió en días; después, únicamente regresaba de vez en cuando. Ayer había conseguido huir porque él se había quedado dormido. La policía estaba deteniéndolo en aquel momento.

Los médicos me dijeron que Lur tenía las visitas restringidas; solo podría verla un par de horas al día. Así que pasé la semana entre el trabajo, las visitas al hospital y el Archivo General.

Me había costado el resto de la semana, pero había repasado todos los índices de notarios que me había sido posible. Sara me explicó que, salvo los documentos de la Guerra Civil, del resto de documentos solo podían mostrar los que tenían más de cien años; el resto estaban protegidos por la ley de protección de datos, por lo que tendría que esperar. De todas formas, algunos de los índices notariales tenían fechas inferiores a esos cien años. En ninguno de ellos apareció ni una sola mención de Mattin; al final me di por vencida y deduje que, si no estaba, era porque no existía. Es decir, Mattin nunca llegó a heredar. No sabía muy bien cómo encajar esta conclusión. ¿Por qué no heredó si había reclamado la herencia? ¿Por qué había estado desaparecido tantos años para aparecer de nuevo y volver a desaparecer?

Eran las ocho y cinco de la mañana del domingo; Mattin se retrasaba y yo no había cogido la suficiente ropa de abrigo. Cuando por fin apareció, lo hizo con dos vasos de chocolate caliente y una docena de churros.

—Perdón por el retraso —me dijo con una sonrisa.

—¿Qué te parece si paramos a desayunar?

No tuve valor para soltar toda la retahíla de improperios que había estado pensando; se me hizo la boca agua solo de oler el chocolate con churros y no me quedó más remedio que aceptar con una sonrisa.

El chocolate caliente me sentó genial, me hizo olvidar el frío que había pasado esperando y el viaje se hizo más ameno de lo que esperaba. Hablamos de su tesis y de cómo ya estaba contando los segundos para presentarla; antes de que nos diéramos cuenta, ya estábamos en Güesa.

Cuando aparcamos en la puerta de casa, Águeda salió a recibirnos como de costumbre. Nos hizo pasar enseguida y subir hasta la cocina. Tenía ya preparadas las pastas sobre la mesa. Mattin le había contado que yo era vegana y ella se había esmerado cocinando unas pastas que no contuvieran ningún ingrediente de procedencia animal para que yo pudiera tomarlas.

Pasamos parte de la mañana de cháchara. Me explicó que había soñado conmigo y que se había levantado con la necesidad de verme.

—Serán cosas de vieja, pero ya ves, hija. Más vale, que mi Mattin es muy bueno y siempre procura darme todos los caprichos que le pido.

Después fuimos al bar del pueblo a que Águeda presumiera de nieto y de visita; había una rutina claramente marcada en las visitas a Güesa. Tras la comida, llegó el momento de la siesta; yo me negué a que me pasara como la vez anterior, en la que me quedé dormida durante más de dos horas, así que me puse una alarma para que sonara a los diez minutos. El plan era levantarme en cuanto escuchara la primera voz. Desperté antes de que sonara la alarma; había tenido un sueño muy extraño, en el que una mujer corría por un sendero. Yo tenía que seguirla; llegábamos a un campo de flores y ella señalaba hacia unas orquídeas. No había sido una pesadilla, pero el sueño me había dejado mal cuerpo. Decidí levantarme, aunque no hubiera nadie más despierto.

Al entrar en la cocina, me encontré con Águeda sentada a la mesa, durmiendo con la cabeza sobre ella, apoyada sobre sus brazos. Retrocedí, pues no quería despertarla, pero, como si tuviera ojos en la nuca, me dijo:

—Pasa, pasa. No te preocupes, que no estoy dormida; solo me gusta cerrar los ojos para descansarlos.

Entré en la cocina con la sensación de haberle fastidiado la siesta. Me maldije para mis adentros; siempre metía la pata o me pasaba o no llegaba, pero ya que estaba allí y la había despertado, lo mínimo que podía hacer era obedecerla. Me senté a su lado y esperé a que fuera ella quien hablara.

—¿Ya has descansado? Hoy no has dormido nada.

En ese momento sonó la alarma de mi teléfono.

—Sí, bueno. Me había puesto la alarma para no quedarme dormida mucho rato, pero me he despertado antes.

—Y tanto que antes. ¡Pero si no te ha dado tiempo ni a cerrar los ojos!

—Han sido solo unos minutos, sí, pero me siento como si hubiera dormido una hora.

—Pues mejor. Ya que estamos, cuéntame: ¿qué tal va tu investigación? ¿Encontraste lo que buscabas?

—Diré que va bien. Encontré cosas, no sé si exactamente lo que buscaba, pero encontré. El caso es que yo empecé en esto esperando dar una carta de amor a los descendientes de una pareja, y en realidad me he encontrado con una tragedia tras otra. Ahora sigo ya solo por pura inercia; quiero saber qué les pasó a la chica de la carta y al hermano del chico, aunque dudo mucho que lo consiga. Racionalmente me digo que tengo que dejarlo, pero algo dentro de mí me pide que continúe, así que, mientras no encuentre nada mejor que hacer, seguiré.

En aquel momento entró Mattin en la cocina.

—Ale, pues ya estamos todos —dijo Águeda de buen humor.

—Os he escuchado hablar; total, no podía dormir, así que aquí estoy.

—Amaiur me estaba contando lo de su investigación. Es una pena lo de aquella familia. Mi abuela les guardaba cariño, aunque no sé si los conocía, pero su madre sí. Decía que su madre iba a ponerles flores en el cementerio todas las semanas, y al desaparecer esta, ya nadie les decoraba las tumbas. Por eso cada vez que íbamos a Eugi pasaba por el cementerio a ponerles flores a sus abuelos y a ella.

—¿Su bisabuela también desapareció en Eugi?

—Sí, aunque no sé mucho del tema. Eran otros tiempos y no se hablaban de estas cosas.

No quise preguntar más; no quería parecer indiscreta. La conversación derivó en la moda de las *celebrities* y en la boda de alguna de ellas. Como yo no tenía televisión y no conocía los nombres que mencionaban, no tenía ni idea de qué estaban hablando, así que no pude participar mucho en la conversación, pero me divirtió ver cómo debatían sobre los gustos estéticos de las celebridades.

—Venga, vamos al cementerio antes de que se haga más tarde —dijo de repente Águeda.

Mattin y yo nos levantamos obedientes y nos preparamos para salir. Águeda salió de la cocina y regresó con un trapo, una palangana y un botecito.

—Quiero limpiar las lápidas, pero no llego bien a la parte de abajo, así que, aprovechando que estáis, les darás tú, ¿verdad, Mattin?

—Claro, abuela.

Ya conocía aquel pequeño cementerio en el que habíamos estado la primera vez que vine; me pareció incluso más pequeño que entonces. Entramos en él y enseguida Águeda avanzó hasta la primera de las lápidas que le interesaban.

—Echa un poco de agua de la botella en la palangana mientras yo riego estas plantas.

Mattin se entretuvo con el agua y yo entré en el pequeño recinto. Tal y como lo hice, el olor a flores, aquel del que no conseguía desprenderme, se intensificó. Me acerqué a Águeda y leí la lápida; tenía escrito el nombre de Félix en grandes letras plateadas. Mattin llegó con la palangana y se puso a frotar la lápida mientras Águeda regaba la planta, abuela y nieto trabajando en equipo. Yo los observaba un poco apartada. Águeda fue hasta la siguiente lápida; Manex rezaba aquella. Volvieron a repetir la misma operación que con la primera. Después pasaron a la de la primera mujer, María Sagastibeltza, fallecida en 2015. Me conmovió ver el mimo con el que cuidaban aquellos trozos de piedra y pasaron a la que parecía la más antigua. Me centré en mirar la fecha: 14 de marzo de 1895-1 de diciembre de 1985. Agate Iturgoien tenía esculpida la lápida. Lo primero que pensé fue en la coincidencia de encontrar una Agate y una María. Regresé a la anterior, nacida en 1925; no era mi María… ¡¿En qué estaba yo pensando?! Entonces volví a leer Agate Iturgoien y, de repente, me faltó el aire. Era el mismo nombre y apellido que el de la hija de María y entonces una idea rondó mi cabeza.

—¿Esta es su abuela? —pregunté a Águeda.

—Sí, cariño —dijo sin mirarme.

—¿La abuela que era de Eugi?

—Sí, así es.

Tuve que agarrarme a la lápida porque estuve a punto de caerme.

—¿Estás bien? —me dijo Mattin, viniendo hacia mí—. Estás pálida.

—Sí, es solo que Agate, vuestra Agate, es mi Agate, la hija de María. Tiene el mismo nombre y apellido. No recuerdo la fecha exacta de su nacimiento, pero por los años podría ser.

Tal y como dije aquellas palabras, una bofetada de aroma a flores inundó mis fosas nasales. Águeda dejó de regar de inmediato y se incorporó.

—Pero ¿qué estás diciendo, hija? —replicó con incredulidad.

—Llevo meses investigando. He leído su nombre cientos de veces; es el mismo nombre, de la misma época y el mismo pueblo. Tiene que ser ella.

La mujer se llevó las manos al pecho y dejó que unas lágrimas resbalaran por su mejilla.

—¿Entonces tu María, la asesina, es la madre de mi tatarabuela? —dijo Mattin.

—Ella no asesinó a nadie. ¡La acusaron injustamente!

—¡Dios mío! —exclamó Águeda—. Cuánto tuvo que sufrir la pobre mujer.

Continuaba sin moverse, con la regadera en los pies y las manos en el pecho. Finalmente se acercó a nosotros.

—Además, al final, ella también desapareció —dijo como para sí misma.

Águeda nos miraba con la boca abierta. El olor cada vez era más intenso; necesitaba salir de allí. Saqué una fotografía a la lápida y me fui. Me alejé andando por la carretera; poco a poco el olor amainó y yo pude volver a respirar de nuevo.

Mattin y su abuela no tardaron en seguirme.

29

María

No pude pegar ojo en toda la noche de la preocupación. Después de decirle a Agate que Mattin era su padre, esperaba que no quisiera saber nada de él, pero estaba equivocada; ella estaba deseando conocerlo. No quería decirle que su padre había intentado matarla nada más nacer, eso le haría un daño tremendo e innecesario y yo quería evitárselo; protegería a mi hija de ella misma si hiciera falta. Pensé que el hecho de que no hubiera estado en diecisiete años sería motivo suficiente como para detestarlo, pero Agate era curiosa y no se conformaba con mis simples palabras. Hacía años había pasado una temporada en la que me preguntaba por quién era su padre casi a diario. Yo evitaba responderle; siempre le daba largas hasta que un día, sin más, dejó de preguntar. Sentí alivio; pensé que había olvidado el tema o que simplemente ya no le interesaba una persona que no se había preocupado por ella ni un solo día de su vida y puede que lo hubiera hecho hasta ese día en el que yo le dije quién era él. Y, en contra de todo lo que había creído que pasaría, ella quería conocerlo; quería saber de dónde venía.

A la mañana siguiente, Agate se levantó enfadada por mi insistencia en que era del todo imposible que lo viera siquiera. Continuamos debatiendo toda la mañana, pero yo ya había tomado una decisión: nos marcharíamos de Eugi para siempre.

Agate no entendía mi empecinamiento y, aún más, cuando toda la vida había sido extremadamente flexible con sus deseos. Todo el mundo me decía que la malcriaba, le consentía demasiadas cosas, pero era mi pequeña, lo único que tenía en este mundo, ¿qué otra cosa podía hacer? Intenté explicarle por qué no podía acercarse a ese hombre, pero no me escuchaba. Agate cada vez estaba más enfadada y se negó en rotundo a marcharse. Al final tuve que decirle que su padre era un hombre peligroso, que no deseaba entrar en detalles, pero que lo mejor era desaparecer. Aquellas palabras parecieron calmar su enfado y su ansia por conocerlo, tal vez porque nunca me había oído decir de nadie que fuera malo, a pesar de los mil desplantes que nos habían hecho a lo largo de los años. Así que, aunque a regañadientes, finalmente accedió a que fuéramos a casa de la tía a Güesa una temporada, solo hasta ver qué pasaba con Mattin. No me atreví a decirle que no tenía intención de volver.

Aquella misma tarde escribí a mi tía, pidiéndole que nos acogiera en su casa. El tío había muerto hacía solo un par de años; fue duro para ella, que se quedó sola en casa, y aunque mis primos le habían propuesto que fuera a vivir con ellos, ella se había negado a salir de su hogar. Envié la carta y esperé con impaciencia su respuesta. Mientras tanto, fui preparándolo todo para dejarlo en orden.

Agate me observaba en silencio; no entendía por qué limpiaba a fondo los armarios o por qué fabricaba cuerdas. Nos llevaríamos cuanto pudiéramos; el resto se quedaría aquí. La comida, nuestra ropa, la ropa de cama, todas mis telas, la hilandera, la máquina de coser... Hacía un repaso mental de todo lo que necesitaba empaquetar. Iba a necesitar alguna caja de madera para la máquina de coser; las cazuelas y los utensilios de cocina podrían ir en un macuto si lo llevábamos con mucho cuidado.

Lo mejor sería llevar primero solo la comida y la ropa, dejar el resto de cosas embaladas; más tarde, ya mandaría a mi primo a por ellas.

30

Amaiur

Águeda me había contado que su abuela jamás dejó de buscar a su madre, que se murió con la pena de no saber qué había sido de ella. Me pidió que siguiera investigando; quería saber si yo podía encontrarla. Se me hizo un nudo en la garganta. ¿Cómo iba a encontrar yo a una persona que había desaparecido sin más hacía más de cien años?

Me hizo un resumen de las historias familiares. Entre ellas, me dijo que en casa siempre pensaron que María se habría desorientado en la noche y habría acabado cayendo a alguna sima.

A mí me parecía poco probable, la verdad, pero no dije nada.

Entonces entró Mattin en la cocina con el viejo álbum de fotos en el que había visto la foto de los Goñi. Lo abrió frente a nosotras y, señalando una foto, dijo:

—Abuela, esta era María, ¿verdad?

Recordé la imagen inmediatamente; era la misma foto a la que había estado a punto de tomar una instantánea el día que me enseñaron aquel álbum. La mujer que sonreía a la cámara era delgada, llevaba una falda y una camisa larga; a pesar de la sonrisa de sus labios, tenía una expresión tensa en la mirada. Le saqué unas cuantas fotografías a la imagen. Después, vimos fotos de Agate y estuvimos hablando durante horas de aquellas mujeres, hasta que finalmente, a última hora de la noche, nos despedimos de Águeda y volvimos a la capital.

De vuelta a casa, seguía sin poder salir de mi asombro; había encontrado a los descendientes de María y había descubierto que María había desaparecido y por eso Agate terminó en Güesa, en casa de su tía.

Al día siguiente había quedado con mis amigas para organizar la excursión a Hendaia, lo que quería decir que no podría ir al archivo. Necesitaba ver si había alguna denuncia por su desaparición y, sobre todo, en caso de que la hubiera, si había algo que pudiera darme luz; la palabra desaparición era muy ambigua. Tal vez apareció años más tarde; seguro que aquello aparecería en el informe. Además, seguía buscando cualquier documento en relación con Mattin. Me eché a dormir sin cenar; el día había tenido demasiadas emociones y estaba agotada.

Me despertó un ruido. Miré el reloj; eran las tres de la mañana. Siempre me despertaba a la misma hora, como si la noche no tuviera más momentos. Me quedé quieta un instante; no se escuchaba nada, todo estaba en silencio. Probablemente, habría sido algún vecino. Cerré los ojos e intenté dormir, pero estaba intranquila. Me levanté al baño y, de paso, a beber agua, y encontré el origen del ruido que me había despertado: la carpeta con los papeles de la investigación estaba en el suelo. La recogí, me fui a mi habitación y esperé a que sonara el despertador para ir a trabajar.

Al mediodía, cuando salí del hipermercado, estaba agotada y no me apetecía ir a casa; empezaba a pensar que las cosas que me pasaban no eran normales. Aun así, estaba demasiado agotada como para hacer otra cosa. Llegué a casa y me fui directa a la cama; dormí un par de horas del tirón, sin nada que me interrumpiera, y cuando desperté ya no sentía esa angustia que me tenía cerrado el estómago. Me di una ducha y me preparé la comida; todavía tenía tiempo, no había quedado hasta las seis.

Llegué puntual a la cita; ya les había ido informando sobre los avances de Lur. Quedaba la incertidumbre de saber qué haría cuando saliera del hospital. Esperaba que aceptara comenzar el tratamiento de desintoxicación, pero era un tema que todavía no había hablado con ella, así que no había mucho más que decir al respecto, y enseguida nos pusimos a debatir los pormenores de nuestra siguiente excursión. Banalidades como los pros y contras de llevar comida o de comer algo por allí. Estaba el problema de la diferencia de horario en las costumbres; en Hendaia se comía antes de las doce de la mañana y nosotras no comíamos más o menos hasta las dos del mediodía. A esas horas ya no iban a ser-virnos en ningún lado, por lo que una de dos: o adaptábamos el horario o llevábamos bocadillos. Poco a poco, la conversación fue derivando; nos fuimos poniendo al día. Irune había conocido a un chico con el que había empezado a verse todos los días; todavía no era nada formal, pero llevaba camino de serlo. La acribillamos a preguntas; Ane y Leire soltaron un par de burradas de las que todas nos reímos. Cuando llegó mi turno, les conté mis avances en la investigación, cómo había resultado que Mattin, el chico que había conocido en aquel bar, era descendiente de la recep-tora de la carta. Una vez que empecé a hablar, no pude parar; al principio me daba un poco de vergüenza, pero finalmente les conté que sospechaba que algo extraño estaba pasándome. Les hablé de los papeles que aparecían en el suelo, del olor que no conseguía quitarme de encima; incluso les dije que a estas alturas hasta me parecía extraño haber conocido a Mattin, habérmelo encontrado a menudo en el archivo y que fuera precisamente él el electricista que había venido a mi casa. Ninguna me interrumpió mientras hablaba; todas me miraban con gesto serio. Cuando terminé, Irune me dijo:

—Vamos a tu casa.

Apuramos nuestros vasos y fuimos las cuatro hasta mi casa. Por el camino no pararon de hacer bromas, pero, tal y como abrí la puerta, Irune cambió la expresión de su rostro, se puso seria; se le pusieron los ojos vidriosos como si fuera a echarse a llorar en cualquier momento y dijo:

—Aquí hay una energía muy fuerte. No es mala, pero es muy fuerte.

—Vale, ¿qué hago? ¿Abro las ventanas?

Irune sonrió. Todas pasamos hasta el cuarto de estar; ellas se acomodaron en el sofá y, como no había sitio suficiente, yo me senté en el suelo.

—Me temo que por muchas ventanas que abras la energía va a seguir aquí; lo que tienes que hacer es averiguar qué quiere y dárselo. Solo así se irá.

—¿A quién?

—No lo sé. Has dicho que las cosas extrañas han empezado a pasarte hace poco, ¿no?

—Sí, bueno, más o menos desde que encontré la carta, solo que al principio no les di importancia. Ahora ato cabos y creo que empezaron entonces. Fue cuando tuve mi primera pesadilla.

—¿Tienes pesadillas?

—Sí, aunque no sabría si llamarlas así. La mayoría de las veces no recuerdo lo que he soñado, pero me despierto a las tres de la mañana, agitada.

—Las tres de la mañana es la hora de los espíritus, el momento en el que más cerca están para decirnos algo. La próxima vez que sueñes, intenta preguntar qué quieren o, por lo menos, recordarlo.

—Recuerdo alguno, pero la mayoría no.

—¿Y cómo son?

—El primero es el que más recuerdo porque me asustó mucho. Había una mujer en mi habitación y me decía algo, pero no me acuerdo qué. Solo sé que me quedé helada porque en el sueño yo me despertaba, me incorporaba y, al hacerlo, se me caía un cojín al suelo. En aquel momento me desperté sobresaltada y, al mirar mi habitación, todo estaba exactamente igual que en el sueño, incluido el cojín en el suelo.

—Esto está empezando a darme miedito —dijo Leire, pero Irune hizo caso omiso del comentario y continuó preguntando.

—Seguramente hablaste con la mujer que te ronda; tienes que recordar qué te dijo. ¿Y el resto de los sueños?

—Esos están más borrosos. Apenas recuerdo uno en el que yo intentaba huir de algo…pero no sé explicarlo bien, era muy oscuro.

—Bueno, vas a hacer una cosa, vas a comprar palosanto y lo vas a quemar en casa para que se vayan las malas energías. También tienes que intentar averiguar quién es esa mujer; si, como dices, empezó con la investigación, tiene que ser alguna de las que aparecen en ella. ¿Hay alguna que muriera antes de tiempo por algo que no fuera de muerte natural? En ese caso, es probable que fuera ella, aunque no es requisito.

Saqué el corcho y la carpeta con todos los papeles de la investigación, les enseñé la fotografía de los Goñi y empezamos a mirar los papeles.

—Mujeres que hubieran muerto en extrañas circunstancias o antes de tiempo, hasta donde yo sé, solo hay una —dije, pasándole la fotografía a Irune.

—Es esta, la madre de los Goñi, Xabiera, que murió en extrañas circunstancias junto con su marido.

Les hice un resumen de todo lo que había leído en el acta judicial sobre sus muertes, e Irune continuó buscando datos, muy interesada.

—Podría ser. Además, la fotografía estaba en casa de la abuela de Mattin, ¿no? Ahí hay una conexión que hay que averiguar de dónde viene. ¿Se parece a la mujer que apareció en tu sueño?

—No, para nada. Aquella era delgada y, aunque llevaba el pelo recogido, no sé por qué parecía ondulado. Esta es más gruesa y tiene el pelo corto y rizado, no creo que sea la misma.

—Pues igual no es ella.

Me asaltó la duda de si la mujer del sueño sería María, no estaba segura, así que deseché la idea.

—¿Qué hojas suelen caerse? —preguntó mi amiga.

Rebusqué en la carpeta hasta dar con el acta judicial de la muerte de Xabier.

—Estas suelen caerse mucho. Hubo unos días que también se caía esta otra —le dije, entregándole el acta bautismal de Agate.

El olor a flores se intensificó, no quise decir nada por si solo lo olía yo; hubo un pequeño silencio y entonces Irune continuó su interrogatorio.

—¿Quién es esta?

—Agate, hija de María, la receptora de la carta, tatarabuela de Mattin. Está enterrada en Güesa.

—¿Podría ser ella?

—No lo sé; lo cierto es que desconozco cómo murió, pero sé que su madre desapareció y por eso ella fue a Güesa a casa de una tía.

—Pues yo apostaría a que es ella o su madre. ¿Cómo sabes que María desapareció?

—Porque me lo han dicho Mattin y su abuela. He estado buscando información acerca de ella, pero no la he encontrado; sé que en algún momento vivió o estuvo en Zubiri porque su hija fue bautizada allí. También fue sospechosa del asesinato de los Goñi; la acusaron de ser la asesina del matrimonio, pero al morir Xabier, igual que sus padres, la descartaron y con ello también de las anteriores muertes. Aunque antes, Xabier la acusó por carta de ser la asesina de su hermano.

—Uf, qué lío. Así que no era trigo limpio.

—Al contrario, la acusaron falsamente y, al parecer, después desapareció. Tengo pensado ir mañana al archivo a ver si encuentro el acta judicial de su desaparición, a ver si de ahí saco algo más. ¡Espera! Tengo una foto suya en el teléfono; no me ha dado tiempo a imprimirla.

Saqué el teléfono y les mostré la fotografía de María. Irune la miró con atención, hizo ademán de preguntar algo, pero se contuvo; finalmente, continuó:

—El olor este es el que dices que te persigue, ¿no?

—¿También lo oléis?

—Sí —dijeron las tres al mismo tiempo.

—A mí esto me está dando muy mal rollo —dijo Ane.

—Estoy pensando que mejor me voy a ir.

—Voy contigo —se apresuró a decir Leire.

Irune se quedó un rato más; repasamos los papeles, recorrimos la casa, pero nada extraño pasó. Quedamos en que ella conseguiría el palosanto, me lo traería y yo intentaría averiguar cuánto pudiera sobre María y Agate; seguramente fueran una de las dos. Ahora me penaba no haber sacado también alguna instantánea de Agate. Cuando finalmente se fue, le escribí un *email* a Mattin emplazándole a que me llamara para tomar algo cuando necesitara un descanso de su tesis; no quería distraerlo en un momento así, pero necesitaba respuestas y la forma más rápida de conseguirlas sería él.

Al día siguiente, nada más salir de trabajar, me fui al Archivo General; estaba impaciente por averiguar algo más. Ahora que sabía cuál era el nombre completo de María y que había desaparecido, sería más fácil encontrarla. Cabía la posibilidad de que hubiera tenido su caso entre las manos, pero que no hubiera sabido identificarlo. Le pedí a Sara las actas judiciales de Eugi a partir del año mil ochocientos noventa y siete, que era el año en el que había muerto Xabier y a ella la habían exonerado, lo que quería decir que todavía estaba allí. Cogí la caja de documentos que me sacó y los fui repasando con atención uno a uno; en su mayoría habían sido robos y hurtos. Había algunos casos de disputas por el límite de las tierras y algunas reclamaciones de subsanación de daños ocasionadas por la caída de nieve de varios tejados. Me dio un vuelco al corazón al leer «muerte» en la portada de uno de ellos; aunque era el nombre de un hombre, lo abrí por curiosidad. Al parecer, era el cura del pueblo que había aparecido muerto con un golpe en la cabeza; era curioso, pero no lo que yo buscaba. Tuve que avanzar once años más para dar con ella; cuando la tuve en mi poder, pedí una copia y me puse a trabajar en el original; lo transcribiría, aunque tuviera que ir toda la semana al archivo para hacerlo.

31

María

Las semanas de espera se me habían hecho eternas, pero por fin había llegado la respuesta de la tía Margarita diciendo que fuéramos cuando quisiéramos, que allí teníamos nuestra casa.

Le di a Agate la noticia y esta frunció el ceño; le dije que empaquetara sus cosas, que al día siguiente nos íbamos de Eugi.

Cumplió con su tarea antes de lo que imaginaba y, tras la comida, dijo que iba a despedirse de sus amigas. Le advertí de que por nada del mundo podía decirle a nadie a dónde nos íbamos; puso los ojos en blanco con cara de hastío, pero aceptó.

Yo seguí empaquetando mis cosas y todo lo que íbamos a llevar; con las primeras luces del alba cargaríamos el carro y nos iríamos para siempre.

A media tarde fui a casa de Emilia; le dije que nos marchábamos, que no se asustara, que estaríamos bien. No creí que fuera necesario decírselo a nadie más. Pensé en mentirle y decirle que íbamos a casa de unos parientes al sur, pero no fui capaz de engañar tan descaradamente a mi amiga; además, de todas formas necesitaría mantener el contacto con ella para que me informara de si finalmente Mattin se asentaba en el pueblo o no. Le conté que él era el padre de Agate y que por eso no quería verlo; también le expliqué que no quería que por nada del mundo él llegara a enterarse de nuestro paradero. Le hice prometer que jamás se lo diría a nadie. Lloramos juntas un rato, nos abrazamos, prometimos escribirnos y ella vendría de visita en cuanto nos instaláramos Agate y yo.

Volví a casa cuando empezaba a caer el sol; me preocupó no ver a Agate en ella, nunca se había retrasado tanto. Decidí salir a buscarla; tenía un mal presentimiento. Fui a casa de su amiga Maite, pero allí no estaba. Después fui a casa de Izaskun, pero tampoco la había visto desde media tarde. Salí disparada hacia el antiguo molino, llena de angustia, pensando en que Mattin la había cogido y había decidido terminar su trabajo.

Llevaba la mitad del camino cuando empecé a escuchar vacas; apenas había luz y se me hacía difícil distinguir el entorno.

—¡Agate! —grité con desesperación.

Una voz de hombre me contestó, pero no era Mattin.

—¡Tasio! —dije con alivio al identificar la voz de mi vecino, el hermano de Emilia.

—Estoy buscando a Agate. No la habrás visto por aquí, ¿verdad?

—No.

Siempre había sido bastante parco en palabras; sería por los días que pasaba solo con los animales por el monte, sin nadie con quién hablar.

—¿Y sabes si hay alguien en el viejo molino de los Goñi?

—No hay nadie allí. ¿Por qué? —preguntó con recelo.

—No encuentro a Agate y he pensado que igual...

Me quedé en silencio, sin saber cómo seguir.

—¿Que igual había vuelto él para matarla de nuevo?

Me quedé paralizada y un escalofrío recorrió mi cuerpo.

—¿Cómo sabes tú eso? —pregunté balbuceando.

—Porque yo estaba allí aquel día y lo vi todo. Vi cómo te sacaba a rastras del camino, escuché tus gritos, vi cómo enterró a la niña y cómo te dejó inconsciente. Estabais tan absortos en vosotros mismos que no os enterasteis de que yo me estaba acercando. Cuando te dejó inconsciente, no pude soportarlo y lo golpeé en la cabeza con mi vara; siempre la llevo en la mano porque me ayuda a arrear a las vacas.

—Pero no estabais allí cuando desperté. ¿Por qué no me ayudaste a rescatar a Agate?

—Porque me asusté. Le había dado con tanta fuerza a Mattin que lo había matado, así que arrastré su cuerpo lo suficiente como para dejarlo oculto entre los helechos y yo me escondí tras un árbol hasta que desapareciste. Me aterraba que me vieras y me denunciaras.

—Eso es mentira, no puede ser. Mattin no murió aquel día; Xabiera me dijo que mandó a alguien a pedirle dinero para irse a las Américas.

Tasio soltó una carcajada.

—Sí, bueno, aquello fue una ocurrencia que salió mal. Pensé en sacar partido de la situación y ganarme unos reales, así que le dije a un leñador que andaba de paso que se acercara a decirles eso e iríamos a medias; el muy inútil no fue capaz de convencerlos.

—¿Y por qué dejaste que mi hija casi muriera?

—Creía que ya estaba muerta, que no podía hacer nada por ella, pero yo os he protegido durante todos estos años.

—¿Protegernos tú? —me burlé.

—Sí, ¡yo! —dijo alzando la voz.

—¿Quién te crees que se ocupó de Xabier cuando iba a denunciarte? ¿Y quién se encargó de don Fermín cuando quiso propasarse contigo?

Se me cortó la respiración, no podía creer lo que oía.

—¿Tú los mataste?

—Querían hacerte daño.

—Pero ¿cómo lo sabías?

—Lo del cura, por mi hermana. Ella fue la que me dijo que os había visto en la iglesia y que tú parecías asustada. Empecé a vigilarlo de cerca y pedí a mi hermana que te vigilara; cuando ella vio que estabas preparándolo todo para marcharte, supe lo que tenía que hacer.

—¿Y Xabier?

—Xabier fue él quien me lo dijo. Yo pasé por allí con mis vacas, como siempre, y lo vi en la puerta; nos pusimos a hablar y terminó diciéndome que iba a denunciarte, que sospechaba que tú habías matado a Mattin y a sus padres. Yo no podía permitir que hiciera eso, así que le di un golpe y lo dejé inconsciente. Después, saqué la jeringuilla que llevaba, le corté el flujo sanguíneo con una soga y le inyecté aire en las venas de la muñeca; después solté la soga para que el aire hiciera su trabajo dentro del cuerpo, ni siquiera se enteró.

—¿Por qué llevabas una aguja?

—Tenía que pinchar a mi padre su medicina y, cuando iba a Zubiri a por más, solía llevar la jeringuilla de muestra. El médico que vino a casa a enseñarme cómo pincharle había hecho hincapié en que no debía haber nada de aire dentro; que siempre tenía que dejar salir un poco del medicamento antes de pincharle porque, si no, podría crearle algún trombo y matarlo. El día que fui al molino a decirles a los Goñi que se alejaran de ti, la cogí por si acaso; desde entonces siempre llevo una encima.

—¿Y a los padres de Mattin? ¿Qué peligro entrañaban ellos?

—Ellos iban a alejarte de mí, no podía soportar verte con los padres del malnacido de Mattin.

—¿Alejarme de ti? —dije, retrocediendo poco a poco. Él se acercó más a mí.

—Sí, si estabas sola, buscarías a un hombre para ayudarte a criar a Agate y yo estaría allí, pero, estando ellos para ayudarte, no necesitarías a nadie.

—Tasio, tú nunca me has propuesto nada —le dije con voz conciliadora; no quería hacerlo enfadar.

—¡Porque tú nunca me pediste ayuda! —dijo, volviendo a levantar la voz.

—¡Ni siquiera para ser el padrino de Agate! —dijo gritando.

—¡Preferiste escoger a un completo desconocido! —vociferó, casi fuera de control.

Yo volví a retroceder, pero recordé el motivo por el cual estaba allí.

—Tasio, ¿dónde está Agate? ¿Qué le has hecho?

—Yo no le he hecho nada a Agate.

—¡No me mientas! —le grité.

—¡Que no le he hecho nada! —gritó, acercándose a mí.

Yo salí corriendo instintivamente y él comenzó a seguirme; no veía por dónde iba, el sol hacía rato que se había ocultado, escuchaba sus zancadas cada vez más cerca. Tropecé con algo y me caí. Él se agachó a mi lado; por un momento pensé que era el fin, pero me habló tranquilo, incluso con ternura, como si fuera otra persona.

—¿Estás bien? ¿Te has hecho daño?

Por un momento pensé que todo iría bien.

—No me he hecho nada, estoy bien.

Aunque el tobillo me ardía, había sentido como algo se desencajaba. Él me ayudó a levantarme y me dijo:

—¿No te das cuenta de que ahora podremos estar juntos?

—Pero él va a venir —argumenté sin pensar en mis palabras.

Entonces caí en la cuenta: si Mattin estaba muerto, ¿quién había reclamado la herencia?

—Él no va a volver, está muerto.

—Pero la herencia…

—La herencia la he reclamado yo. Se me ocurrió un día mientras compraba en el mercado. Vi al notario, que iba a arreglar los papeles de la herencia del panadero. Así que ideé un plan. Yo reclamaría la herencia y firmaría como si fuera Mattin. Nadie lo conocería ya. Solo necesito un buen disfraz. Después me venderé todas las tierras, incluyendo el molino, a mí mismo y podremos empezar una vida juntos. Tendré el dinero suficiente como para mantenerte.

—Eso es una locura —exclamé, demasiado rápido; aunque no debí hacerlo, no conseguí más que enfadarlo.

—¿Locura? ¿Es más locura que abandonar el pueblo para siempre? No, ¿verdad? No vuelvas a decir que estoy loco, ¡porque no lo estoy! —gritó, empuñando el palo.

Antes de que me diera cuenta, vi mi cuerpo tendido en el suelo; él me había dado con el palo en la cabeza, ni siquiera lo sentí. Yo había caído al suelo y me había golpeado con una piedra. Vi cómo Tasio se agachaba llorando, cómo me cogía entre sus brazos y me pedía perdón. Observé cómo un hilo de sangre se arrastraba desde mi cabeza hasta mi cara y goteaba, manchando su ropa. Estuvo un rato así, pero finalmente dejó de llorar, se secó las lágrimas con las mangas de su camisa, me dejó en el suelo y fue a buscar una vaca; cogió mi cuerpo y lo ató a ella.

32

Amaiur

Por fin dieron de alta a Lur; le llevé ropa mía y salimos de allí ambas con la incertidumbre de qué iba a pasar a partir de ese momento. No quería preguntarle qué plan tenía, me daba miedo que me dijera que se iba, así que no dije nada. Nos montamos en el coche y puse rumbo a mi casa. Una vez allí, no pude posponerlo más. Había preparado una cama para ella, se la mostré y no pareció espantarse, así que, animada por esa idea, me puse a hablar del futuro, de su problema, de cómo podía ayudarla y de que podíamos vivir juntas. Para mi sorpresa, accedió de inmediato; me dijo que llevaba tiempo pensándolo, que había abierto los ojos y ya no quería vivir más así.

Al día siguiente llamé a la asistenta social y cogimos cita para iniciar el tratamiento. Después tendríamos que arreglar los papeles de la herencia, pero ya tendríamos tiempo para eso.

Mientras tanto, yo seguí con mi investigación, esa que me había salvado tanto los últimos meses.

El archivo judicial de la desaparición de María no arrojó mucha luz. Según declaró su hija, ella había llegado tarde a casa porque estuvo despidiéndose de una amiga; al entrar, le extrañó no ver a su madre, pero pensó que estaría en casa de la vecina. Tras oscurecer del todo, fue a buscarla y la vecina le dijo que hacía horas que se había marchado. Entonces saltaron las alarmas;

salió a buscarla pensando que podría estar en la era o en la huerta, pues tenía un viaje programado para el día siguiente y a María le gustaba dejar todo organizado. No había aparecido ni hubo señales de ella. Al día siguiente, dos de sus amigas le dijeron que había estado en sus casas buscándola. Se había interrogado a la vecina y a los padres de las amigas, además de a varios vecinos más; su rastro se perdía en casa de una de las amigas, y a partir de ese momento nadie la había visto.

Dejé los documentos a un lado. No sabía por dónde seguir buscándola. Podría ir a Eugi a preguntar a la gente del pueblo e intentar averiguar cuál era la casa de María y las casas de las amigas de la hija, pero ¿de qué serviría? A partir de ese momento no había nada más. Tenían planeado un viaje y se iban a ir al poco tiempo de reclamar Mattin la herencia; podría ser que quisieran irse por eso, pero ¿por qué no quería ver María a Mattin? O tal vez sí se vieron, discutieron y por eso María quería irse. Puede que volviera casado, con hijos, y que María no pudiera soportar verlo.

—Amaiur, para. —me dije a mí misma.

Estaba divagando, sacando conjeturas sin sentido. Necesitaba que Mattin me aclarara si en la familia se había barajado alguna hipótesis más aparte de la de la sima o si él conocía alguna sima por el entorno, aunque estaba casi segura de que no. Me había costado prácticamente una semana transcribir todos aquellos documentos; la copia todavía no había llegado, así que lo había hecho con los escritos originales, pasando todas las tardes en el Archivo General.

Miré el reloj, eran cerca de las doce de la noche; a la mañana siguiente tenía que madrugar, envié un *email* a Mattin y me fui a dormir.

Me desperté a las tres de la mañana, bañada en sudor y llena de angustia. Había tenido otra vez la pesadilla en la que me seguían; yo trataba de escapar, solo que esta vez era un hombre quien lo hacía. Entonces tropezaba con algo, caía al suelo y en ese momento me desperté. El dormitorio olía a flores; yo estaba más angustiada por la pesadilla que asustada por la posible presencia de un espíritu.

—¿Qué quieres? —dije sollozando a la nada.

Recordé entonces las palabras de Irune: «Cuando vuelvas a soñar con ella, pregúntale qué quiere», pero ¿cómo controlar los sueños?

Esperé un rato; nada pasó. Poco a poco, me fui calmando y, al final, me quedé dormida.

Me desperté con la sensación de haber descansado bien; pese a la angustiosa pesadilla, mi cuerpo había recuperado fuerzas. Miré la bandeja de entrada del correo; Mattin me proponía quedar hoy para comer. Le contesté que sí, era sábado, así que en cuanto saliera de trabajar me daría una ducha y estaría lista.

Tal y como esperaba, Mattin no tenía más datos sobre la desaparición de María; sí podía decirme seguro que no había regresado porque su bisabuela solía contar siempre que su abuela había desaparecido y no habían vuelto a saber de ella. Su madre pasó toda la vida buscándola; por eso iban a Eugi tanto, visitaban el cementerio, ponían las flores en las mismas tumbas en las que ella lo hacía y daban el mismo paseo que hacía su madre a menudo. Pero no conocía ninguna sima por la zona y tampoco habían hablado de más hipótesis; era un tema del que se habló muy pocas veces y siempre en los mismos términos.

Le pregunté si conocía el recorrido que había mencionado, a ver si lo había hecho alguna vez, pero me dijo que no. No es que esperara que conocer los lugares que frecuentaba María me fuera a servir de algo, pero estaba atascada y no sabía por dónde tirar. Nos despedimos después de comer; él tenía que seguir con su tesis y yo había quedado con Irune, que iba a venir con palosanto a casa.

Eran las cuatro cuando llegué a casa; no había quedado con Irune hasta las seis y me estaba entrando sueño, así que decidí echar una pequeña siesta; la necesitaba para poder funcionar durante el día.

Volví a tener la pesadilla en la que me perseguía aquel hombre; estaba oscuro, no podía ver bien, pero el suelo era de tierra y piedras, el camino ancho, aunque había árboles a los lados. Esta vez, a pesar de ser el mismo sueño, no sentía que fuera yo la que estaba corriendo; era como si estuviera viendo una película. Caí al suelo y el sueño cambió; había un hombre limpiando una camisa en un riachuelo. Reconocía el lugar; estaba cerca del molino en Eugi. Me acercaba para observar; la camisa estaba llena de sangre y barro.

Me despertó el timbre de la puerta; Irune tuvo que llamar dos veces más hasta que caí en la cuenta de que estaba en mi casa y era el timbre lo que sonaba. Le abrí la puerta todavía con la sensación de haber estado en otro lugar. Irune subió; le conté el sueño que acababa de tener y la pesadilla de la noche anterior. Ella se puso analítica. Preparé un par de cafés que nos tomamos mientras hablábamos.

—Piensa en el hombre de la noche, el que te perseguía. ¿Era el mismo que lavaba la ropa?

—No lo sé.

—Venga, haz un esfuerzo. ¿Qué edad tendría, más o menos?

—Algo mayor que nosotras, creo. Y el que me perseguía… pues no lo sé, de verdad. Sabía que era un hombre quien me perseguía, pero no sé si llegué a verle la cara ni la ropa. Estaba oscuro.

—Vale, vale. ¿Y el sitio? ¿Era el mismo?

—Podría ser. A la noche no lo reconocí, pero ahora era claramente un camino ancho de piedra y tierra con árboles a los lados, por lo que podría ser perfectamente. Es más, creo que era el camino que lleva al viejo molino de Eugi.

—Vale, tenemos el sitio. Tienes que ir allí.

En ese mismo momento, un olor a flores nos abofeteó las fosas nasales.

—¿Hueles eso? —dijo Irune.

—Claro que lo huelo. Hace meses que no huelo otra cosa.

—Pues allí hay algo que quiere que veas. Vamos a tener que ir.

—¿Y si es allí donde está? La persecución del sueño es angustiosa. ¿Y si no acabó bien y lleva todos estos años allí?

—Es lo más probable, sí.

—¿Cómo vamos a encontrar un cadáver que nadie ha encontrado en más de cien años?

—Nos dejaremos llevar por nuestro instinto. Cuando estemos allí, pídele que te guíe.

—¿Por qué yo?

—Porque es contigo con la que se comunica.

En ese momento sonó el teléfono; era Mattin. Descolgué intrigada por su llamada, cuando habíamos estado hacía solo unas horas antes.

—Buenas, Amaiur. He preguntado a mi abuela por los paseos de María, a ver si ella sabía por dónde los daba. Y tengo buenas noticias, aunque no sé si te servirá. Le gustaba andar por el camino que llevaba al molino, pero, como tú ese camino ya lo has hecho muchas veces, no creo que sirva de mucho. De todas formas, he querido decírtelo.

—Gracias, Mattin. Lo cierto es que sí que me sirve. De hecho, estoy con Irune y estamos planeando ir allí.

—¿Ahora? Si a estas horas ya no vais a ver nada. ¿Por qué no esperáis a mañana?

Miré el reloj; la tarde había pasado volando. Eran las diez de la noche y ya había oscurecido.

—Si te soy sincera, no nos habíamos dado cuenta de la hora que era. Sí, lo dejaremos para mañana.

—¿Y puedo saber por qué ibais a ir con tanta urgencia?

—Bueno, es que últimamente he tenido unas pesadillas un poco angustiosas e Irune cree que es María intentando decirme algo. El caso es que en la última he reconocido un lugar que está precisamente de camino al molino. No sé si servirá de algo, pero por intentarlo… —le dije todo esto de carretilla, pensando que iba a tomarme por loca.

—Me apunto —contestó—. Me vendrá bien despejarme y tomar el aire puro de los árboles. Además, es a mi antepasada a la que estáis siguiendo, así que no admito un no como respuesta.

—De acuerdo, pues mañana vamos los tres. Ultimo los detalles con Irune y te mando un *email*.

—De acuerdo.

Decidimos dejar lo del palosanto para otro día y quedamos para el día siguiente a media mañana.

Una vez en Eugi, dejamos el coche donde siempre; aquel día el hayedo tenía visita porque cuando llegamos ya había un coche aparcado. Empezamos a andar, observando cada haya, cada salto del riachuelo y cada montículo de tierra. Yo miraba, intentando encontrar el lugar que había visto en el sueño; tres perros se acercaron a nosotros moviendo el rabo. Les tendimos la mano para dejar que nos olieran y los saludamos haciéndoles unas caricias; poco después aparecieron los dueños, una pareja que iba paseando. Continuamos andando; ya empezaba a pensar que el lugar del sueño realmente no existía cuando lo vi. Ahí estaba el riachuelo con aquella pendiente tan característica.

—¡Aquí es! —les dije—. El hombre lavó la ropa en ese lugar.

Irune fue derecha hacia allí, se acercó hasta el agua y la tocó.

—¿Y ahora qué? —dijo Mattin.

—Ahora pídele a María que te haga una señal.

Me puse nerviosa y me ruboricé; no sabía cómo pedirle una señal a un espíritu.

—Venga, Amaiur, no te preocupes. Solo concéntrate y pídeselo. No hace falta que lo digas en voz alta; con que lo pienses es suficiente —insistió Irune.

Eso me alivió bastante, porque a pesar de todo me daba vergüenza hablarle a la nada, así que me concentré, tratando de pensar en el sueño que había tenido. Traté de centrarme en María y le pedí que me guiara, pero nada pasó.

—Al final igual deberíamos acudir a una médium o una espiritista para que nos ayude —dijo Irune.

—Tú eres nuestra médium. ¿Por qué no pruebas tú?

Irune se metió en el papel; le habló a María muy seria, pero tampoco pasó nada. Tras un rato en silencio, Irune instó a Mattin a hacerlo también.

—Ahora le toca al descendiente. Igual a ti te hace más caso.

Mattin me miró con cara de circunstancia, fue a replicar, pero se arrepintió en el último momento, así que puso cara de concentración. Estuvo cerca de un minuto en la misma posición, sin mover ni un solo músculo.

—Nada, no hay manera. No sé hacerlo.

—Tranquilo, estamos todos igual —le dije.

—Amaiur, ¿has traído los papeles como te dije?

—Sí, aquí están, en la mochila.

—Sácalos.

Me quité la mochila y cogí la gruesa carpeta de papeles, con tan mala suerte que parte de ellos se cayeron al suelo. Mattin e Irune se apresuraron a recogerlos, yo cogí uno que había quedado colgando y apoyé el resto de la carpeta en el suelo sobre la mochila, con la intención de colocarlo bien para que no volviera a caerse.

—¡Esperad! —dijo Irune—. No ordenes nada todavía. ¿Qué papeles se han caído? Tú, que los distingues, mira a ver cuáles son.

Me acerqué a ella, que tenía el mayor número de papeles. Les eché una ojeada y, con solo un vistazo, supe lo que eran. Entonces lo vi claro, ahí estaba la señal que buscábamos.

—Son del acta judicial de la muerte de Xabier. Siempre es esta carpeta la que se cae, siempre son estos los papeles que recojo del suelo —les dije.

—Entonces es que aquí hay algo.

—¡Pero el crimen no se resolvió! —exclamé.

—Ya, pues hay algo que quiere que veas.

Miré el papel que yo tenía en la mano, el que había quedado colgando sin llegar a caer, era la declaración del único interrogado: la persona que había encontrado el cuerpo de Xabier, Tasio

Larramendi, seguramente, el hermano de Emilia, la madrina de Agate. Les hice un breve resumen del caso y les expliqué que solo habían interrogado a quien había hallado el cuerpo, pero lo habían descartado porque no encontraron nada que los uniera; el pastor debía de pasar media vida en el monte. Busqué la transcripción para que les fuera más fácil leerla, nos sentamos y la leímos en alto.

—Aquí solo hay tres nombres: el del fallecido, el de María y el del pastor. Si María quiere que encuentres algo entre estos papeles, solo nos queda el pastor.

—¡Eso es! ¡Es la hoja que ha quedado colgando! Y ahora que lo pienso, es la hoja que se cae siempre. ¡Podría ser que el pastor mató a Xabier y a los Goñi y a María! —dije nerviosa de la emoción.

En ese momento, un olor a flores surgió de la nada y se me pusieron los pelos de punta.

—¿Oléis eso? Está aquí —dijo Irune.

—Yo también lo huelo. Es como si Amaiur se hubiera echado un bote del perfume ese que usa siempre.

—Oye, que yo no uso perfume. Es el olor que me sigue —contesté con indignación.

—Es María —replicó Irune.

—Hemos dado con el nombre de su asesino, pero ¿por qué ha tenido que ser en este lugar? ¿Nos ha traído hasta aquí para eso o para algo más?

Nos miramos sin saber qué contestar.

—¿Sabéis qué creo yo? —siguió hablando Irune—. Que si nos ha traído hasta aquí es para que la encontremos. Creo que sus restos están aquí; de hecho, es a lo que habíamos venido, ¿no?

Mattin y yo asentimos con la cabeza en silencio.

—Pues habrá que empezar a buscarla. Amaiur, vuelve a pedirle que te ayude a encontrarla, concéntrate.

Yo traté de hacerlo, imaginé el alivio que habría sentido cuando se dio cuenta de que estaba fuera de sospecha. Traté de visualizarla, aquella sonrisa en la boca, esa tensión en los ojos y entonces recordé que ya la había visto antes. Tras encontrar la carta, había tenido un sueño perturbador en el que una mujer me pedía que la encontrara. Sonreí para mis adentros, era ella y cada vez estaba más cerca de cumplir su petición, pero necesitaba su ayuda.

«María, hazme una señal, dame una pista de dónde está tu cuerpo por favor», repetí la frase varias veces con los ojos cerrados.

Finalmente, los abrí. No me había dado cuenta de que el olor a flores se había intensificado; Mattin e Irune me miraban fijamente.

—¿Qué le has dicho?

—Lo que habíamos quedado, que me ayude a encontrar su cuerpo, que me dé una pista.

—Pues una de dos: o el olor es una pista o no entiendo nada.

—Igual hay que seguirlo —dijo Mattin, y empezamos a andar cada uno por un lado, pero el olor se disipó a los pocos segundos. Volvimos a juntarnos.

—Me parece que eso no era —comenté.

Estuvimos pensando y tratando de averiguar qué sentido tenía el olor y cómo podría eso conducirnos al cuerpo de María. Se nos ocurrieron varias ideas descabelladas que descartamos enseguida, al final Irune dijo:

—¿Y si la pista son las flores? Es un olor a flores, ¿no? ¿Y si lo que tenemos que encontrar son flores?

—¿Flores aquí? Es imposible; las hayas dan demasiada sombra como para que nazcan plantas, salvo helechos, y en sitios muy concretos. No puede haber flores —argumentó Mattin.

—Pues las hay —repliqué. Los dos me miraron con cara de asombro—. No me miréis así. Hay un corro de orquídeas un poco más adelante, lo sé porque las veo cada vez que vengo y ahora que lo pienso, siempre están en flor.

Irune empezó a andar sin esperar siquiera.

—Allí es, ¡estoy segura! —nos gritó, ya desde veinte metros de distancia.

Mattin y yo la seguimos nerviosos. Unos minutos después, estábamos en el camino desde el que veíamos las flores. Teníamos que ir monte a través, pero el acceso no era fácil; tuvimos que andar un poco más hasta encontrar un lugar por donde poder emprender la subida y una vez que lo hicimos, retroceder entre los árboles hasta llegar al lugar de las flores. Había zonas tan empinadas que teníamos que agarrarnos de un árbol a otro o agacharnos para agarrarnos a los helechos y no caer, pero al final llegamos. Sentimos el olor a flores, pero esta vez venía de las propias orquídeas, era el mismo que me había estado siguiendo todo aquel tiempo. Estábamos ante un corro de orquídeas del tamaño de una colchoneta de playa.

—¿Y ahora qué? —pregunté.

—Ahora habrá que llamar a la policía para que compruebe si hay cuerpo o no —contestó Mattin.

—La policía no va a venir porque sospechemos que hay alguien enterrado y que murió hace más de cien años. Vamos a tener que comprobarlo nosotros —dijo Irune.

A Mattin y a mí nos escandalizó la idea; no estábamos preparados para aquello.

—¿Qué esperabais?

—No sé. Una piedra, una cruz o una placa. Algo que indi-cara que aquí había alguien —dije en voz baja. Irune se echó a reír por mi ingenuidad. Se agachó y empezó a arrancar las flores.

—¡Espera! —dijo Mattin—. No las arranques así. ¿No habías traído una azadilla? Si mi antepasada ha cuidado estas flores hasta ahora, no seré yo quien las destruya.

Irune se quedó paralizada. Mattin cogió de la mochila la herramienta y comenzó a sacar las flores desde la raíz con mimo para que no se estropearan. Irune y yo lo observábamos trabajar desde un lado sin decir nada, solo se escuchaba el sonido de la azada al entrar en la tierra. Nunca había visto a Mattin tan serio ni tan concentrado haciendo algo; apartaba las hierbas, calculaba la distancia e introducía la azada con un fuerte golpe, después la movía de adelante hacia atrás y finalmente la arrancaba con un cepellón de tierra y una planta con flor intacta. Cuando hubo terminado, cogió su chaqueta, la extendió y puso todas las plantas sobre ella; después la dobló e hizo un nudo con las mangas. Se levantó, le entregó la azadilla a Irune y le dijo:

—Tu turno. Ahora haz lo que quieras.

Irune se agachó y empezó a cavar un agujero con la azadilla. Pensé que a ese ritmo íbamos a estar allí horas; necesitábamos herramientas más apropiadas. Propuse ir a buscarlas, pero los dos se negaron, así que busqué una piedra y empecé a escarbar yo también. Los agujeros que hicimos no fueron anchos, apenas dos palmos, pero fuimos profundizando. Cuando llevábamos otros dos palmos de profundidad, más o menos, le propuse en-sancharlos hasta hacer el hueco y después seguir profundizando, porque de haber cuerpo, estaría muy profundo y con agujeros tan pequeños no íbamos a llegar. Tardamos más de dos horas en excavar la primera capa; nos turnábamos con las herramientas e incluso Mattin escarbó mientras una de nosotras descansaba. Estábamos agotadas, pero ya que habíamos llegado hasta allí, no podíamos dejarlo. Empezamos a excavar la siguiente altura; con los dos primeros agujeros no apareció nada, pero con el tercero Irune notó algo. La ayudamos a escarbar con las manos; no queríamos estropear nada, ensanchamos el agujero y fuimos profundizando. Parecía un hueso.

—Ya está —dijo Mattin.

—Espera —replicó Irune—. No vaya a ser de un animal, debemos asegurarnos.

Seguimos escarbando, pero ahora a lo ancho; parecía un dedo unido a otro hueso. Continuamos ensanchando, a lo que indudablemente parecía un pie humano. Nos sentamos, estábamos agotados, pero no podíamos dejar de mirar aquel pie. Entonces nos echamos a llorar: ¡la habíamos encontrado! Un intenso olor a flores surgió en aquel momento y nosotros supimos que era ella.

—Habrá que llamar al 112 —dijo Mattin.

—Ahora sí que tienes razón. Y cuando la tienes, se te da —le contestó Irune.

33

Amaiur

Dos meses después.

Irune y yo habíamos quedado en el Itsaso con Mattin y Águeda. Este quería contarnos las novedades que tenía acerca del cuerpo que encontramos en aquel hayedo de Eugi. Y Águeda quería agradecernos el haber encontrado por fin a su abuela. Apenas nos habíamos visto en este tiempo; Mattin había estado ocupado presentando su tesis doctoral, Irune había estado entretenida iniciando una relación con Txomin y yo había vuelto a recuperar los paseos por el monte y mi inglés cada día era mejor. Lur estaba ingresada en un centro y solo podía verla un día a la semana, aunque por protocolo había estado un mes entero sin poder verla. Había engordado y se la veía más sana, de mejor humor, y empezaba a hablar de proyectos futuros. En casa no había vuelto a suceder nada raro ni había vuelto a tener pesadillas y, lo más importante, aquel olor a flores del que no podía desprenderme por fin había desaparecido.

Cuando entramos en el Itsaso, Mattin y Águeda ya estaban sentados en una de las mesas del fondo. Nos saludamos con alegría, nos abrazamos y, tras una breve conversación en la que nos hicimos las preguntas de rigor preguntándonos por nuestra situación general, nos sentamos alrededor de la mesa.

—Bueno, cuéntanos —le dijo Irune a Mattin, impaciente por conocer las nuevas noticias.

—Está bien, está bien, empiezo por el principio. Ya sabéis que, en primer lugar, llegaron aquellos agentes tan prepotentes que no hacían más que preguntarnos cosas extrañas, ¿no?

—Como para olvidarlo, nos costó convencerles de que habíamos encontrado el cuerpo guiadas por un espíritu —dijo Irune.

—Es más, yo creo que no los convencimos, pero al final decidieron seguirnos el juego —apunté.

—Puede ser. La cuestión es que, en cuanto llegó una forense y corroboró que el cuerpo llevaba allí muchos años, los agentes se relajaron y llamaron a un equipo de antropólogos forenses que fueron los que se ocuparon de seguir cavando para sacar los huesos. Primero, hicieron unas cuadrículas en el suelo y tomaron muestras de tierra en varios puntos diferentes. Tras sacar el cuerpo de María, pasaron un aparato extraño, un detector de restos humanos o algo así, y, para sorpresa de todos, encontraron un segundo cuerpo; este era de un hombre. Los dos cuerpos tenían traumatismos craneales con fractura en la base del cráneo, es decir, ambos habían muerto de un golpe en la cabeza, pero aquí viene lo curioso: estos hechos eran de fechas diferentes; exactamente, habían sido enterrados con diecisiete años de diferencia.

—¡El segundo cuerpo era el de Mattin! —exclamé, impulsada por un entusiasmo repentino.

—Eso pensé yo también y así se lo hice saber —contestó Mattin.

—La cosa es que decidieron hacerles pruebas de ADN a los dos restos; por ello nos pidieron a mi madre, a mi abuela y a mí que les entregáramos saliva en unos bastoncillos para comparar nuestras muestras con las de María y, por supuesto, el resultado fue positivo, tal y como esperábamos; incluso nos dieron el grado y el porcentaje de consanguinidad. En cuanto al otro cuerpo, al de Mattin, como los Goñi no tenían parientes conocidos, pensamos que no cotejarían sus muestras con nadie, pero no sé muy bien por qué, si fue aposta o debido a una confusión; la cosa es que también compararon nuestras muestras con las suyas y resultó que también tiene parentesco con nosotros. El grado de parentesco que tenían con nosotros era el mismo en ambos casos, lo que quiere decir que Agate era hija de los dos.

—¡Mattin era el padre! Siempre sospeché que sería él o Xabier —dije divertida.

—Así que Tasio los mató a los dos con diecisiete años de diferencia y los enterró juntos, pero ¿por qué? —preguntó Irune.

—Quién sabe qué pasaría por su cabeza —contesté.

Índice

OIHANA ERRO BERGERA